Das Buch

Paul ist attraktiv, humorvoll und charmant. Aber er hat einen Fehler: Er ist tot. Die Frauen in Pauls Leben werden ohne ihn weiterleben müssen. Paul, der ihnen so viel gegeben hat, den sie liebten. Jede von ihnen hat ihre eigene Geschichte mit ihm und ihr eigenes Geheimnis. Sein Geheimnis kennen sie alle nicht. Das kennt nur er.
Paul weiß nicht, warum er so früh sterben muss. Das weiß nur eine...

Die Autorin

Danela Pietrek studierte in München Germanistik, Theaterwissenschaft und Komparatistik. Sie arbeitete als Regieassistentin, Dramaturgin und TV-Producerin für so erfolgreiche Formate wie „Tatort" oder „Die NDR-Spät-Show" mit Götz Alsmann.
2006 erschien ihr erster Roman „Kleine Geheimnisse" im Droemer-Knaur-Verlag, 2008 der Ratgeber „Mami allein zu Haus" (zusammen mit Helga Waterkotte) im Diana-Verlag.

Danela Pietrek

Herzrasen

Roman

© Danela Pietrek 2011
Herstellung und Verlag:
Books on Demand GmbH, Norderstedt
Umschlaggestaltung: RESpublica, München
Autorenfoto: © Thomas Leidig
ISBN 978-3-8423-7368-6

Für A.

„C'est ça la vie : mourir"
(So ist das Leben: man stirbt)
(aus Eugène Ionesco: Triumph des
Todes oder Das große Massakerspiel)

1.

Ein Alptraum. Es musste ein Traum sein.
Er war wie gelähmt. Die Augenlider anzuheben, kostete ihn ungeheure Kraft. Mit höchster Konzentration tastete er vorsichtig nach dem Lichtschalter.
Er hörte Claires ruhige Atemzüge. Sie schlief tief und fest neben ihm, eingerollt auf der Seite. Er wollte sie nicht wecken. Er durfte sie nicht erschrecken. Sie nicht beunruhigen. So zerbrechlich und verletzlich wirkte sie im Schlaf. Eine blonde Haarsträhne lag quer über ihrem leicht geöffneten Mund. Vorsichtig wollte er sie ihr aus dem Gesicht streichen, wie er es schon so oft getan hatte.
Doch er konnte den Arm nicht heben. Der Schmerz schoss durch seinen Körper, machte ihn bewegungsunfähig.
Das konnte nur ein Traum sein. Er war doch noch jung, hatte den Zenit seines Lebens mit Mitte vierzig gerade erreicht. Vor zwei Monaten war er erst zum General-Check bei Dr. Nord gewesen.
Aber er täuschte sich. Es war kein Traum: er war wach. Wahrscheinlich der Alkohol. Zu viel. Das letzte Glas. Der ‚Absacker'.
Paul drehte vorsichtig den Kopf zum Radiowecker. Er hatte gerade mal zwei Stunden geschla-

fen. Für einen Kater war es noch zu früh. Es stach auch nicht im Kopf, nein, es stach im ganzen Körper. Oder nur in der Lunge?
Er rang nach Atem. Luft, er brauchte Luft. Er musste es bis zum Fenster schaffen.
Oder doch besser zum Telefon im Wohnzimmer?
Auf keinen Fall wollte er Claire wecken. Sie sollte ihn so nicht sehen. So jämmerlich, so alt. Er kämpfte gegen die Rolle des ‚alten Mannes'. Bisher erfolgreich.
Paul japste nach Luft.
Fit und jung wollte er für sie sein, sie nicht die ersten Zipperleins sehen und merken lassen. Achtzehn Jahre Altersunterschied war ja nichts Ungewöhnliches, dennoch: es beschäftigte ihn. Mehr als sie jedenfalls.
Schwer verliebt hatte er sich in sie. An der Supermarktkasse. Wie im Film ‚Wie angelt man sich einen Millionär'. Nun, ein Millionär war er nicht, half ihr aber zumindest mit den fehlenden vier Euro zwanzig aus. Und lud sie anschließend auf einen Kaffee ein.

Am nächsten Abend kam sie, bezahlte ihre Schulden. Persönlich. Und blieb.
Seitdem waren sie ein Paar. Ein schönes, glückliches Paar.
An die Liebe zu glauben, damit hatte er schon vor vielen Jahren aufgehört. Hatte er überhaupt jemals daran geglaubt?

Claire zauberte Gefühle bei ihm zutage, die er so zum ersten Mal in seinem Leben empfand. Mit ihrem Humor, ihrer Nachdenklichkeit und, ja, auch mit ihrem Gleichmut, ließ sie ihn wieder glauben, an die Liebe.
Sie schlief. Heute Abend hatten sie keinen Sex gehabt. Sie war so müde gewesen. Die Feier habe sie regelrecht ‚geschafft', wie sie im Halbschlaf vor sich hinmurmelte. Er küsste sie noch auf den Hals und flüsterte zärtlich ‚unsere Feier'. Mit dem wohligen Gedanken, sie gleich morgen früh zu verführen, war er dicht an sie gekuschelt eingeschlafen.
Die Feier - längst überfällig und verdient! Ein voller Erfolg. Dank Claire. Er und seine Partnerin Johanna arbeiteten schon seit Jahren erfolgreich zusammen. Der Wettbewerb war gewonnen - jetzt hatten sie den großen Auftrag.
Claire war letztendlich nicht ganz unbeteiligt an seinem Erfolg. Er wollte ihr etwas bieten, ihr beweisen, dass er noch mal voll durchstarten konnte.
Und überraschte seine Familie, Freunde – und nicht zuletzt Claire selbst - mit der Nachricht ihrer Heirat in wenigen Tagen.
Diese Schmerzen.
Das Fenster, das Telefon, ein Arzt.
Paul hasste Ärzte.

Schon als Kind hielt er sich immer die Nase zu, wenn er mittags aus der Schule kam. Rannte an den Praxisräumen seines Vaters, die das gesamte Erdgeschoss einnahmen, in die Wohnräume, die Treppe hinauf, zwei Stufen auf einmal nehmend. Unzählbar, wie oft er dabei mehr fiel als sprang. Unzählbar auch die blauen Flecke, die er dabei davontrug.

An der dicken Sprechstundenhilfe musste er sich regelrecht vorbeischleichen, damit sie ihn mit ihrem Berlinerischen ‚Na, Kleener, wie war's in der Schule?' nicht unnötig in diesem Geruch zum Stehenbleiben zwang. Denn Paul wollte nicht unhöflich sein, gerade der Dicken gegenüber nicht. Die mochte er eigentlich ganz gern.

Sein Vater tadelte ihn jedes Mal wegen des Lärms. Er solle sich nicht so ‚mädchenhaft' anstellen, er sei doch ein Kerl!

Seine Mutter behauptete immer, dass er deshalb ein so guter Schwimmer sei. Das tägliche Training des Luftanhaltens sei das Fundament seiner jugendlichen Sportkarriere gewesen.

Gleich beim ersten Mal gewann er den ersten Platz bei den kreisweiten Schwimmmeisterschaften. Im Schmetterling.

Er bekam keine Luft mehr. Sein Herz raste. Was war bloß los mit ihm?

Am Wochenende war er noch seiner Tochter davongeschwommen. Jung und fit hatte er sich gefühlt. Wobei Heli mit ihren fünfzehn Jahren außerordentlich durchtrainiert war. Ein echter Gegner.

Luft, er brauchte Luft. Musste raus aus dem Bett. Ans Fenster, es öffnen.
Langsam setzte er sich auf. Ruhe bewahren. Ganz langsam und jede Bewegung wohl überlegt ausführen. Claire nicht wecken. Die Beine anwinkeln und die Füße auf den Boden stellen. Zum Fenster - drei Schritte. Dann konnte er wieder Halt finden. Versuchen flach zu atmen. Nicht tief. Das kostete zu viel Energie. Ganz langsam und vorsichtig einen Fuß vor den anderen setzen. Das flache Atmen nicht vergessen, das Herz ignorieren. Nicht nachdenken, nur Bewegungen ausführen.
Kein Grübeln: ‚Wieso, warum, vor zwei Stunden ging es mir doch noch ausgezeichnet'.
Der Grappa. Sicher, es war der Grappa. Er wusste doch, dass er keine harten Sachen vertrug. Wein hatte er zuvor schon reichlich gehabt. Warum nur hatte er sich zu diesem Grappa überreden lassen?
Aber Claire hielt auch ein Glas in der Hand. Sie trank sonst nie Schnaps. ‚Zur Feier des Tages', hauchte sie ihm ins Ohr und küsste ihn auf den Mund. Sie standen schon in der Tür. Johanna wollte mit ihrem Mann noch das Gröbste für den Cateringservice zusammenstellen, damit die morgen früh gleich loslegen konnten. Ihr Geschenk zur Verlobung, scherzte sie.
Die Mädels kippten das Zeug weg wie nichts. Das Taxi wartete bereits. Nur keine Schwäche zeigen. Ein ganzer Kerl… Schwachsinn!

Das linke Bein knickte weg. Kein Gefühl, nur der Schmerz. Im ganzen Körper. Alle inneren Organe spielten verrückt. Er fand keinen Halt, erwischte die Bettdecke, nur nicht hart fallen. Keine blauen Flecke.
Er musste zum Telefon kommen. Einen Arzt rufen. Die Notrufnummer. Ja, einen Notarzt. Bah, dieser Geruch. Er konnte ihn schon riechen. Das Telefon. Das Fenster. Das Bett. Der Boden.
Claires Gesicht über ihm, ihr verständnisloser Blick, ihre schönen Augen. Sie bewegte die Lippen, sagte etwas zu ihm. Doch er konnte sie nicht hören.
Er krallte sich an ihrem Arm fest, versuchte sie zu sich herunterzuziehen. Wollte ihr sagen, wie sehr er sie liebte. Das große Glück in seinem Leben.

Aber Paul fällt immer tiefer, immer weiter, obwohl er schon tot ist.

*

Claire saß auf dem Boden. Hielt Paul in den Armen und weinte.
Sie wusste, dass er tot war. Sie spürte es. Ihre Tränen fielen auf sein Gesicht, auf seinen Hals, auf seine Lippen.
Vielleicht täuschte sie sich doch.

Sie musste aufstehen. Etwas tun. Sie konnte doch hier nicht nur sitzen und weinen.
Wen sollte sie anrufen? Seine Mutter, seine Ex-Frau, den Arzt? Ja, den Arzt, vielleicht war er ja doch noch nicht tot. Schnell. Jede Sekunde würde jetzt zählen. Wo war das Telefon?
Paul war so schwer. Vorsichtig schob sie ihn von ihrem Schoß auf den Boden, griff hinter sich zum Bett, zog die Decke herunter und legte sie behutsam unter seinen Kopf.
Sie stand auf, ging ins Wohnzimmer zum Telefon und rief den Arzt. Die Nummer hatte sie schon vor Wochen auswendig gelernt.

2.

Er sieht, wie sie ruhig in ihrem Sessel sitzt, ganz still, das Telefon noch in der Hand. So verloren...

Martha wusste nicht, was sie denken oder fühlen sollte. Sie war nicht in der Lage, überhaupt etwas zu empfinden. Eine unbegreifliche Leere. Und Stille. Sie konnte nicht, wollte nicht glauben, was sie eben gehört hatte. Unwirklich.
Die ersten Vögel meldeten sich draußen mit einem Konzert, begrüßten den neuen Tag. So fröhlich und friedlich. Nein, kein Friede! Die Gewalt der Natur. Ihr Bruder war tot!
Herzversagen mit fünfundvierzig? Martha griff sich an die Brust. Sie war die Ältere. Und ihr Herz schlug noch. Ganz regelmäßig.
Ob sie kommen könnte, hatte er sie gefragt. Der Freundin ihres Bruders habe er ein Beruhigungsmittel geben müssen, sie sei daher nicht ansprechbar. Es seien einige Formalitäten zu erledigen. Außerdem könne man die junge Frau nicht allein bei dem Verstorbenen lassen. ‚Ja' hatte sie gemurmelt, ‚selbstverständlich', und dass sie sich gleich auf den Weg machen werde. Sie funktionierte.

Aber wie? Ins Badezimmer gehen, sich anziehen, den Autoschlüssel nehmen und hinfahren. Sie war wohl die Einzige, die sich jetzt darum kümmern konnte. ‚Kümmern', mein Gott. Sie musste erst einmal denken. Tief durchatmen und dann die Gedanken sortieren. Vielleicht täuschte sich der Arzt ja auch und Paul lebte noch.
Machte nur wieder einen seiner Späße, spielte toter Mann, so wie er es früher immer getan hatte. Wenn sie zusammen schwimmen waren und er sich auf der Wasseroberfläche, den Kopf nach unten, die Arme weit von sich gestreckt, minutenlang treiben ließ.
Sie bekam jedes Mal aufs Neue einen Riesenschreck, fiel immer wieder darauf herein. Wusste er doch nichts von den Ermahnungen der Mutter, die Martha jedes Mal mit auf den Weg bekam, wenn die Kinder zum Schwimmen gingen.
‚Pass gut auf deinen kleinen Bruder auf, du bist die Ältere. Der See hat es in sich. Die Strudel, die können einen ganz schnell nach unten ziehen. Und dann haben wir den Schlamassel.'
Martha hörte irgendwann auf wie ein liebes Mädchen dazustehen und sich diese Litanei bis zu Ende anzuhören. Meist saßen sie schon auf dem Fahrrad, Paul immer vorneweg, wenn die Mutter noch hinter ihnen herrief.

Jahrelang ging es so. Was verfluchte sie Paul so manches Mal, wenn er diese Show abzog.

Einmal stand sie Todesängste aus. Paul war elf Jahre alt. Nach diesem Ereignis entschied der Vater, Paul aus der Theatergruppe rauszunehmen und im Schwimmverein anzumelden.

Ein wunderschöner, klarer Sommertag war es gewesen. Martha war zwei Tage zuvor sechzehn geworden und hatte sich bei ihrer Geburtstagsparty schwerst in Robert verliebt. Und er sich in sie.
Er war achtzehn, stand kurz vor dem Abitur, wollte später den väterlichen Betrieb übernehmen. In den Ferien jobbte er bei ‚Vattern', verdiente sich etwas Geld. Genug jedenfalls, um die Mädchen großzügig zum Eis oder auch mal in die Disko einzuladen.
Martha liebte es zu tanzen. Träumte davon, mit Robert wie in ‚Saturday Night Fever' das Starpaar zu sein.
Obwohl sie nun sechzehn war, ließ die Mutter sie immer noch nicht in eine ‚Tanzbar' gehen, wie Hanne die Disko beharrlich nannte. Sie sollte den jungen Mann erst mal ein bisschen ‚näher kennen'. Nicht gleich so ‚draufzu', wie sie es ausdrückte.
Also gut, beim Schwimmen, auf der Wiese am See konnte sie ihn schließlich auch kennenlernen - etwas ‚näher'. Nur bloß nicht unter Aufsicht der besorgten und wachsamen Augen der Eltern zu Hause im Garten bleiben. Auf zum See.

Da würde sie Robert garantiert erobern, oder er sie? Hatte ja bei der Party schon nicht mehr viel gefehlt. Doch leider kam der Vater herein, schaltete das Licht an und erklärte die Party für beendet. Die knutschenden Pärchen übersah er dabei geflissentlich, setzte die Brille ab, rieb sich die Augen und meinte, er müsse jetzt einfach ins Bett, es sei so spät und er habe doch schon eine Stunde Verlängerung gegeben.

Langsam kamen die Tränen. Kaum spürbar kullerten sie über ihre hohen Wangen. ‚Welch stolzes Gesicht', sagte Paul immer, wenn sie die Augenbrauen runzelte über eine seiner ‚Bauherren-Geschichten'.
Martha setzte sich auf den Klodeckel im Badezimmer, um ihre Strümpfe anzuziehen. Sie riss Klopapier von der Rolle ab und schniefte hinein. Es waren nicht die Tränen um Paul, sie galten dem Vater, der sie viel zu früh verlassen hatte, vor nunmehr fast dreißig Jahren.
Wann kamen die Tränen um Paul?

Keine Tränen, nicht weinen, liebste Martha. Das hilft nichts. Ich spreche da aus Erfahrung. Nie habe ich mit dir über Vaters Tod gesprochen. Mit niemandem. Alle haben mich beschützt, das furchtbare Geschehen nie erwähnt. Und so konnte ich dir nie erzählen, wie sehr ich litt, wie oft ich als Kind in meinem Kleiderschrank saß, die Tür von innen zugezogen und in die herabhängenden

Hosenbeine weinte und schluchzte, in der Hoffnung, dass der Stoff die Laute dämmen würde und keiner meinen Kummer und meine Herzensangst entdeckte. Niemand durfte mich so sehen, den ‚ganzen Kerl'...

Um den Mädchenschwarm Robert weinte sie damals nicht, doch um die ‚Chance', die sie damals in ihm sah, diese verpasste Chance.
Als die Mutter hörte, dass Martha mit Robert zum Schwimmen verabredet war, verdonnerte sie sie, Paul mitzunehmen.
Hanne mochte Robert nicht, hielt nichts von seiner Familie; ‚Handwerker und Kirchgänger', das sei nicht der richtige Umgang für ihre Tochter, davon war sie felsenfest überzeugt. Da ließ sie nicht dran rütteln. Außerdem sei kein Badewetter, viel zu wolkig und kühl, wiederholte Hanne ein paar Mal. Aber wenn sie dann unbedingt gehen wolle, müsse sie Paul mitnehmen! – Verdammt!

Für Martha war er Ballast. Er, der kleine Bruder, der sie mit seinen Schwimmattacken malträtierte, ohne Unterlass. Wirklich Spaß hatte er daran nicht. Aber es war notwendig...

Paul traf am See ein paar Klassenkameraden, zu denen er sich gesellte. Robert war schon da. Hatte die Decke weiter hinten, unter den Bäumen, aufgeschlagen, damit man sich, ungestört von den Jüngeren, in Ruhe ein bisschen ‚unter-

halten' könne, da anfangen, wo man bei der Party unterbrochen worden war. ‚Benimm dich ja anständig!', warnte Martha Paul. Diese Ermahnung sollte eine halbe Stunde vorhalten, eine halbe Stunde, die fast gereicht hätte.
Selbstverständlich fror Martha unter den schattigen Bäumen in ihrem dünnen Sommerkleid, das sie so ‚erwachsen' aussehen ließ. Nur unter größter Anstrengung und unter Dauereinsatz ihres speziellen Lächelns für den Vater, hatte sie es zum Geburtstag bekommen.
Robert bot sich sofort an, sie ein wenig zu wärmen. Er zog sein Hemd aus und legte es ihr um die nackten Schultern. Wie zufällig, strich er ihr dabei minutenlang über den Nacken, streichelte sie am ganzen Hals entlang, immer wieder, bis sie die Augen schloss. ‚Gleich wird dir wärmer', flüsterte er ihr ins Ohr.
Er hörte nicht auf, sie zu streicheln. Sie spürte seinen warmen Atem auf ihren Lippen, hob ihm sanft ihr Kinn entgegen. Er küsste sie. Weich und warm waren seine Lippen. Sie wehrte sich nicht, als er ihren Rock hochschob, genoss seine liebkosenden Hände, kam ihm entgegen.
Gleich würde ‚es' passieren. Dann würde sie ihren Freundinnen endlich erzählen können, dass sie jetzt auch wisse wie das ‚gehe', wie ‚es' sich anfühlte. Konnte mitreden, wenn die anderen hinter vorgehaltener Hand über ‚Sex' tuschelten.
Genau in dem Moment, als ‚es' passieren sollte und sie sich schon ausmalte, wie sie mit ihren

Freundinnen auf dem Schulhof in der Pause zusammenstand und alle an ihren Lippen hängen würden, geschah es.
Das Unglück.
Paul kreischte von der Mitte des Sees, ruderte mit den Armen. Sie sprang auf, stieß Robert dabei um, der rücklings auf die Decke zurückfiel.
Das hier war kein Spiel. Den Satz der Mutter: ‚Der See hat es in sich. Die Strudel …' klang ihr in den Ohren wie eine Schallplatte, die hängengeblieben war und immer wieder von vorn ansetzte.
Sie rannte über die Wiese, sprang in den See und schwamm so schnell sie konnte zu Paul. Der strampelte und klatschte mit den Armen immer wieder aufs Wasser, tauchte unter, japste nach Luft. Zehn Meter bevor sie ihn erreichte, ging er unter und tauchte nicht wieder auf.
Robert war ihr gefolgt, gleich nach ihr in den See gesprungen. Zusammen tauchten und suchten sie nach Paul.
Ein Mann kam mit einem Schlauchboot zu ihnen gepaddelt, bot seine Hilfe an.
Paul war verschwunden.
Martha bekam Panik. Wo war er? Sie tauchte immer wieder nach ihm. Keine Spur. So ging das mindestens eine Viertelstunde. Eine nicht enden wollende Zeit, die ihr noch heute in der Erinnerung wie die Ewigkeit schien.
Sie und Robert hielten sich vor Erschöpfung immer wieder an dem Schlauchboot des Mannes

fest, bevor sie erneut tauchten, um nach Paul zu suchen.
Als Martha nach Luft japsend von einem dieser zahlreichen Tauchgänge wieder an die Wasseroberfläche kam, hielt Robert sie fest. ‚Da ist er!' Sie zog sich am Rand des Bootes hoch, um einen Blick hineinzuwerfen, in der Annahme, dass Paul darin lag. Brachte das Boot samt Mann fast zum Kentern. Kein Paul.
Robert deutete hinüber zur Wiese. ‚Nein, da, schau. Am Ufer steht er und winkt uns zu.'

Für Martha gab es kein Halten mehr. Sie wusste nicht, woher sie die Kraft nahm, noch vor Robert und dem Schlauchboot am Ufer zu sein.
Vor Paul blieb sie stehen und holte mit der rechten Hand weit aus, verpasste ihm kommentarlos eine derartige Ohrfeige, dass er ins Wanken kam, strauchelte und dann hart auf der Wiese aufschlug.

Paul strich ihr über die Wange. Er spürte ihren Schmerz. Wollte ihn ihr nehmen. Es lohnte doch nicht, sich wegen dieser Ohrfeige von damals verrückt zu machen. Es hatte gar nicht so weh getan...

Martha atmete tief durch und blies die Luft zwischen den Zähnen durch. Sie fröstelte, griff nach ihrem Pulli. Nein, Zeit für Tränen hatte sie jetzt nicht. Sie musste zu Paul. Zu ihrem toten

Bruder Paul. Und zu Claire. Erst dann konnte sie Hanne anrufen und an alles Übrige denken. Und wer weiß, vielleicht war Paul ja doch nicht tot und der Arzt hatte sich geirrt.

Sei stark Martha, Claire braucht dich jetzt. Und auch die Mutter. Hanne war ja noch ganz ahnungslos. Du, die Ältere, die Kluge, Bedächtige. Halte dich nicht an der Hoffnung fest wie an einem Strohhalm. Ich bin tot…

Geschrien, um sich geschlagen hatte sie. Und geweint. Vor Wut, nicht vor Angst. Paul ging es ja bestens. Empfand das Ganze als einen Riesenspaß. Am liebsten hätte sie ihm gleich noch eine Ohrfeige verpasst. Doch Robert, der sie inzwischen eingeholt hatte, fiel ihr in den Arm. Sie wehrte sich, ohne wirklich zu wissen, wer sie da festhielt, schlug, trat und biss um sich, egal wen und wo sie traf.

Robert fand ihr Verhalten kindisch und nicht sehr ‚attraktiv', wie er ihr am Abend an der Haustür kurz und knapp sagte. Nein, reinkommen wollte er nicht. Entschuldigte sich in aller Form für die späte Störung bei ihrer Mutter, die ihm, Streichhölzer und Kerzenständer in der Hand, die Tür geöffnet hatte. Es käme ganz sicher nicht wieder vor.

Paul saß oben auf der Treppe und schielte durchs Treppengeländer auf die Geschehnisse, die unten an der Haustür stattfanden.

Vom Vater bekam er später Stubenarrest bis zum nächsten Sonntagabend. Die Höchststrafe für Paul, wenn man an das schöne Wetter und den See dachte. Dass sich Marthas fünf Finger noch immer auf seiner Wange abzeichneten, übersah der Vater absichtlich.

Als Martha die Haustür hinter Robert schloss, stürzte sie die Treppe empor, um Paul eine weitere tüchtige Abreibung zu verpassen. Er war der Schuldige, hatte sie mit seinem blöden albernen Spiel um ‚ihren' Robert gebracht. Ach was, Robert, um ihr ‚erstes Mal'! Das sollte er büßen, den gleichen Schmerz fühlen, der ihr das Herz zu zerreißen drohte.

Die Mutter stand sprachlos im Flur, bewegte die Lippen wie zum Gebet, und zündete die Kerzen an.

Paul war schnell, lief in sein Zimmer und schloss von innen ab. Sie trat gegen die Tür, schlug mit beiden Fäusten dagegen, bis der körperliche Schmerz zu groß wurde und den seelischen überdeckte.

Der Vater war verreist, zur Fortbildung. Erst zwei Tage später schiente er das Handgelenk und sprach den Hausarrest für Paul aus. Nur eine kleine Genugtuung für Martha, die das gebrochene Handgelenk jedoch auch nicht wieder heil machte. Sechs lange heiße Wochen trug sie einen Gipsverband. Sie sollte danach nie wieder richtig zeichnen können, ihre Handschrift wurde zum Gekrakel. Ihr Traum von der Modezarin ausgeträumt. ‚Ein Unglück kommt selten allein. Es gibt Schlimmeres', war Hannes einziger Kommentar.

Martha bewegte sich wie in Trance, schlüpfte in ihre Jacke, griff nach dem Autoschlüssel, schloss die Haustür hinter sich ab und stieg in ihren Wagen.
Auf der Fahrt zu Pauls Haus begann sie allmählich, ganz langsam, die Situation zu realisieren.
Sie war die Schwester eines Mannes, der tot war. Was sollte sie tun? Was konnte sie überhaupt tun? Claire in den Arm nehmen, sie trösten? Sie kannte die Frau doch kaum. Wusste auch nicht, wie man sich in solch einem Trauerfall verhielt. Und war nicht sie selbst es, die jetzt Trost brauchte? Sie fühlte sich so leer. Warum musste sie die ganze Zeit an diese blöde Schwimmgeschichte denken? Das lag doch Jahre zurück, so lange schon, dass es kaum mehr wahr war.

Vergiss es, Martha. Es war meine Schuld. Belaste dich nicht mehr damit. Ich war ein Kind! Es tut mir leid, dass ich dir die Tour vermasselt habe. Sehr sogar.
Aber du warst so schön und Robert so einfältig. Zwar war ich ein Kind, doch ich spürte es ganz deutlich, war mir meiner Sache sicher. Ich musste dich schützen, auch

wenn ich nur der ‚kleine' Bruder war. Er war ein Angeber, mit seinem Geld, das ihm der Vater für nutzlose Handlangerarbeiten zusteckte, damit der Sohnemann dann bei den Mädchen protzen konnte.
Hanne hat Recht, wenn sie sagt: ‚Über Geld spricht man nicht, Geld hat man!'.
Weder intelligent noch attraktiv war er. Ein kleiner mieser Angeber, der auf dem Jungenklo beim Pinkeln mit seinen ‚Eroberungen' großmäulig und en detail prahlte. Drei in einer Woche. Du solltest nicht die vierte sein! Nicht meine schöne Schwester.
Schau ihn dir doch an, Martha, diesen Robert. Auch heute noch – ein Nichtskönner und Fremdgänger, der noch immer auf Eroberungstour geht. Der war nicht gut für dich…

Sie verlor Robert schnell aus den Augen, und vergaß ihn noch schneller. Ihren Traum von der Modezarin vergaß sie allerdings nicht.
Paul sollte büßen. Strafe musste sein. Es dem blöden Knirps einmal zeigen! Sie wusste, dass die Gelegenheit kommen würde, ihn zu treffen. Und zwar richtig.
Die Zeit für die Rache kam.
Kaum war Paul in den Schwimmverein eingetreten, belegte er den ersten Platz! – und bekam eine Medaille. Das war das Größte für ihn, sein Heiligtum. Damit konnte er sie endlich einmal übertrumpfen. Doch seine Freude währte nicht lange. Dafür sorgte Martha.

Natürlich war die Medaille nicht aus Gold. Ein Kupfergemisch. Und für Martha war es ein Leichtes, bei einem der nächsten Kaminabende mit den Eltern, wo Kartoffeln in Alufolie mit ins Feuer gelegt wurden, eine kleine Kugel mit der Medaille zu formen.

Es war immer Pauls Aufgabe, die Kartoffeln einzuwickeln und ins Feuer zu legen. Niemand verdächtigte Martha.
Paul heulte natürlich Rotz und Wasser, als auch noch er selbst die ‚Medaillen-Kartoffel' auspackte. Er konnte sich kaum beruhigen. Einmal hatte er den Beweis, besser als seine große Schwester zu sein, hatte offiziell ein Zeichen der Anerkennung. Und nun war sie dahin - geschmolzen zu einem kleinen Klümpchen Unglück.
Der Vater verabreichte ihm auf Hannes Bitte ein paar Baldrian-Tropfen. Am nächsten Tag erklärte Paul seine offizielle Schwimmkarriere für beendet. Da half kein Zureden. Der Vater kürzte mit einem knappen Kommentar die Diskussion ab. Das Thema wurde nicht wieder erwähnt.
Paul blieb bei seinem Entschluss. Martha hatte ein schlechtes Gewissen, aber nur kurze Zeit. Zu sehr wurmte es sie, dass Paul sie um ihr ‚erstes Mal' gebracht hatte.

So wie ihr Traum zerplatzt war, so hatte sie Paul seine Träume genommen. Kein Schauspiel, kein ‚Mark Spitz'. Geschah ihm nur recht!

Natürlich wusste ich, dass du dahinterstecktest. So jung ich noch war, ich verzieh dir deine Rache...

Robert war in ihrer Erinnerung auch nicht mehr als ein kleines Klümpchen, das irgendwann von Erbsengröße zum Sandkorn wurde und schließlich ganz verschwunden war.
Doch gerade letzte Woche erzählte ihr Hanne von ihm.
Sein Vater, der Elektromeister, war schon vor Jahren gestorben. Robert hatte den Betrieb allein weitergeführt und stand jetzt vor der Pleite. Seine Unzuverlässigkeit und die schlechten Zeiten waren wohl dafür verantwortlich, mutmaßte Hanne im Plauderton. Ein bedauerliches Schicksal. Martha hörte nur mit halbem Ohr zu. Dass Roberts Frau jetzt sicher kein leichtes Schicksal bevorstünde. Ja, die habe sich sogar um einen Job im Supermarkt an der Kasse bemüht. Robert habe ja auf dem Arbeitsmarkt kaum Chancen, mit über fünfzig. Und sie sei ja so froh, dass es ihren Kindern finanziell gut ginge. Letzteres sagte sie mit einem leicht scheelen, auf Martha gerichteten Blick.
Sicher, Martha war wirtschaftlich unabhängig. Als Bankdirektorin zuständig für gesamt Norddeutschland war es ein Leichtes, als alleinstehende Frau gut zu leben.
Der ‚großen Liebe' war sie nicht begegnet, eine Ehe nie eingegangen.

Die Namen der Jungen und Männer, die auf Robert folgten, bekam sie schon seit Jahren nicht mehr zusammen. Den Namen des Jungen, der sie zur ‚Frau' machte, kannte sie noch. David. Mit dem ließ Hanne sie sogar zum Tanzen gehen. Der kam aus gutem Hause, wie Hanne meinte. Dass Davids Vater Alkoholiker war und seine Frau schlug, ahnte keiner. David erzählte es ihr, als seine Mutter mal für ein paar Wochen ‚verreist' war. Das war die offizielle Version. Dass sie im Krankenhaus lag, weil der Vater sie im Rausch grün und blau geschlagen hatte, wusste niemand. Martha behielt das Geheimnis für sich.

Jahre später, als Paul ihr von einer eigenen ‚großen Liebe' erzählte, fiel ihr die Geschichte wieder ein. Und sie erzählte ihm davon. Das war ihr Beweis, dass sie ihm vertraute, ihn im Kreis der jungen Erwachsenen akzeptierte, ihn Ernst nahm. Paul verstand. Verstand auch, dass sie ihm Robert verziehen hatte.

Es war der Tag, ab dem sie keine Geheimnisse mehr voreinander hatten. Sie erzählten sich ihre Liebesepisoden, ihre Unsicherheiten, ihre Enttäuschungen. Ohne dabei etwas zu beschönigen. Eine Bedingungslosigkeit, die sich im Lauf der Jahre auf all ihre Lebensbereiche auswirkte. Doch nie sprachen sie über den ‚Schwimmvorfall' und den Tod des Vaters. Nie über ihren Schmerz.

Das durften wir auch nicht. Es hätte alles zerstört...

Niemals sagte Martha ihm, wie sehr sie ihn liebte, noch zeigte sie es ihm. Und jetzt sollte er tot sein? Das passte nicht. Da stimmte etwas nicht. Das gab keinen Sinn. Ihre Geschichte war noch nicht fertig, nicht zu Ende. Nicht besprochen. Hatte er gewusst, was er ihr bedeutete?

Über manche Dinge muss man nicht reden, Martha. Man muss nur in der Lage sein, sie zu erkennen und annehmen zu können. Wir können nicht jede Geschichte in unserem Leben ‚zu Ende' bringen.
Ich weiß, wie sehr du mich liebst. Du, meine große Schwester, die ich immer zu beschützen versuchte. Du hast meine Signale nicht erkannt. Immer habe ich zu dir aufgeschaut. Endlich war ich dreizehn. Ich dachte, jetzt sei ich erwachsen und du würdest mir vertrauen. Mich wahrnehmen. Ich hatte mich getäuscht, war zu naiv, um zu begreifen und zu erkennen, dass ich noch ein paar Jahre warten musste.
Du warst so klug. Auch jetzt wirst du wieder klug sein. Souverän alles regeln. Mit Hanne einig werden, die sicher andere Vorstellungen vom Umgang mit meinem Tod hat, als du oder ich selbst.
Du bist stark, das warst du immer. Trotz deiner Stärke - oder vielleicht gerade deswegen - bist du oft so allein. Keine Familie. Keinen Partner. Immer nur Liebschaften. Doch ich bin bei dir...

Martha neidete Paul seine Ehe nie. Sie glaubte nicht an diese Form des Zusammenseins. Irgendwann musste sie wohl mal - eher unbewusst als tatsächlich reflektierend - beschlossen haben, dass diese Lebensform für sie nicht in Frage kam. Ihre Liebschaften, Affären und zeitweiligen Partner genoss sie immer sehr. Das ließ sich auch besser mit ihrem Beruf vereinbaren, der ihr alles bedeutete. Eine ‚eigene' Familie zu haben, das hatte sie nie wirklich vermisst. Paul und Hanne, das war ihre Familie.

Dass sie nicht Mutter geworden war, bereute sie nicht eine Sekunde. Sie freute sich damals auf die Rolle der ‚lieben Tante', als Paul ihr erzählte, dass er und Mona ein Kind bekämen. Liebte die kleine Heli über alles. Eine richtige junge Frau jetzt schon. Und doch ein Kind. Pauls Kind. Es würde schwer sein für sie. Wer sprach mit ihr?

Martha fühlte wie allein sie war. Wischte den Gedanken aber rasch zur Seite wie eine lästige Fliege.

Paul will ihr zurufen: „Sei stark, halte es aus'. Doch er unternimmt gar nicht erst den Versuch, weiß er doch, dass sie ihn nicht hören wird, nicht verstehen kann...

Sie musste sich um die anderen kümmern, die, die ihn auch liebten. Jetzt stark sein.

Sie musste sich um Claire sorgen. Die kleine Claire.

Martha schloss sie sofort ins Herz, als sie sie das erste Mal sah. Paul machte nicht viel Aufhebens, erzählte ihr nur am Telefon, dass es jetzt wohl etwas ‚Ernstes' sei und er froh sei, dass er sich nach seiner Scheidung noch einmal verliebt hatte. Erklären brauchte er sich nicht. Sie verstand ihn, als sie Claire das erste Mal sah.
Martha freute sich für ihn.

Sie trafen sich in einer Bar, in der Nähe ihrer Bank. Ein etwas besserer Steh-Imbiss, wo die Erfolgreichen sich mittags auf ein Glas Champagner trafen. Martha war hier bekannt. Grüßte links und rechts. Claire lächelte ihr die ganze Zeit entgegen, während sie sich ihren Weg bahnte. Sie stand neben Paul und hielt seine Hand. Martha mochte sie, spürte eine Verbundenheit, die sie jedoch nicht erklären konnte. Sie sah aber sofort, warum Paul sie liebte. Diese wunderschönen Augen. Ein bisschen geheimnisvoll, so grün, leicht schräg geschnitten. Sie erinnerten Martha an jemanden. In der nächsten Zeit achtete sie immer wieder bei ihren Bekannten auf die Augen, bis sie es wieder vergaß.
Diese Augen würden jetzt weinen. Sie musste Claire trösten.

Pauls Haus war hell erleuchtet, als Martha in die Garageneinfahrt bog. Ein Wagen parkte vor der Doppelgarage. Martha stellte ihr Auto daneben, stieg aus, ging zum Haus. ‚Einen Fuß vor den

anderen setzen', wiederholte sie stumm für sich selbst bei jedem Schritt. Unwirklich.
Sicher würde gleich Paul in der Tür stehen und ihr zurufen: ‚Ach, alles halb so schlimm. Du hättest gar nicht zu kommen brauchen. War nur ein Spiel, so wie damals, weißt du noch, am See.'
Aber es war nicht Paul, der ihr die Tür öffnete, sondern eine apathische Claire, die ihr wortlos in die Arme fiel.

3.

Sie saß mit Claire auf dem Sofa vor dem Kamin, hielt sie fest in ihren Armen, wie ein Kind, das man nach einem Sturz tröstet. Ihr Körper zuckte und bebte. Sie sprach kein Wort. Martha streichelte ihr immer wieder über den Arm, drückte sie an sich. Sie warf einen fragenden Blick zum Arzt, der Claire gerade eine Tasse heißen Tee reichte.
„Nehmen Sie einen Schluck, Frau Bresson."
Mit einem Kopfnicken gab er Martha zu verstehen, mit ihm zu kommen. Als hätte sie Blei in den Beinen stand Martha auf, legte Claire noch ein Kissen hinter den Rücken, drückte sie sanft zurück.
„Ich bin gleich wieder bei dir."
Martha wusste nicht, ob Claire sie gehört hatte. Ihr leerer Blick erschreckte sie. Ihre Augen waren ihr fremd.

Hey, kleine Claire. Bleib da. Schau nicht so traurig. Es waren doch deine Augen, in die ich mich verliebte. Sofort. Sie strahlten und lachten und waren so wach. Smaragdgrün. In ihnen spiegelte ich mich so gern und bekam dadurch so viel Energie, wie mir das nur als Zwanzigjährigem schon einmal widerfahren war...

„Kümmern Sie sich um sie, Martha. Lassen Sie sie heute nicht allein. Sie befindet sich in einem Schockzustand."

Martha nickte stumm. Sie kannte Dr. Nord schon seit einigen Jahren. Ein erfahrener Arzt, der auch bei Hanne hin und wieder Hausbesuche machte. Martha selbst war nie krank, zumindest nicht ernsthaft. Als sie ihn einmal auf der Straße traf und erkältet war, empfahl er ihr ein pflanzliches Mittel, das sogar half.

Paul ging seit seiner Scheidung zu ihm. Er hing damals regelrecht durch und bildete sich ein Zipperlein nach dem anderen ein. Dr. Nord holte ihn aus seiner Trauer, war eher Therapeut als Arzt, denn ernsthaft krank war Paul nicht.

„Aber wieso, Dr. Nord?"

Der Arzt verstand sie, antwortete mit leiser, einfühlsamer Stimme.

„Das Herz. Ihr Bruder hatte einen Herzinfarkt. Wollen Sie ihn sehen? Ich habe ihn aufs Bett gelegt, wollte ihn nicht so auf dem Boden liegen lassen."

„Aber er ist doch noch jung."

Martha griff nach dem Revers des Arztes.

„Sie müssen doch…."

Sie brach ab. Sie wusste, wie sinnlos alle weiteren Sätze wären, die sie jetzt sagen würde. Paul war tot.

„Möchten Sie ein Beruhigungsmittel haben?"

Martha schüttelte den Kopf.

„Was soll ich jetzt machen?"

Dr. Nord bugsierte sie sanft in die Küche, schob ihr einen Stuhl hin.
„Soll ich mit Ihrer Mutter sprechen?"
Wieder schüttelte Martha den Kopf.
„Nein. Sie würde es mir höchst übel nehmen, wenn sie es nicht von mir erfährt."
Mit einem misslungenen Lächeln fügte sie noch hinzu.
„Sie kennen sie ja."
Hanne - das würde schwer. Und was sollte sie mit der hilflosen Claire tun? Claire, die gerade erst dabei war, ihren Platz in dieser kleinen Familie zu finden und zu erobern.
Hanne machte es ihr nicht leicht, zu sehr liebte sie Mona und natürlich ihre Enkelin Heli. In Hannes Augen war Claire ein ‚unerfahrenes Ding'. Sie konnte und wollte die Liebe ihres Sohnes zu dieser jungen Frau nicht verstehen. Tat sich schwer, die Verbindung zu akzeptieren.
Doch mit der Zeit hatte die Mutterliebe über ihre Bedenken gesiegt. Claire war sogar zu Hannes letzter Geburtstagsfeier eingeladen worden.
Als sie alle zusammen spät vor dem Restaurant standen, in das Hanne seit Jahren zu diesem Anlass einlud, hielt sie ihr sogar die Wange für einen Abschiedskuss entgegen. Paul und Martha zwinkerten sich in dem Augenblick wissend zu.

Claire stand plötzlich in der Küche, die volle Teetasse in der Hand.

Ihre Stimme war ganz leise, sie sprach wie in Trance.
„Ich möchte noch mal zu ihm."
Martha stand auf, ging auf sie zu.
„Gleich Claire. Ich rede nur noch kurz mit Dr. Nord. Leg dich so lange noch ein wenig auf die Couch. Ich komme sofort."
Martha blickte zum Arzt, der Claire aufmunternd zunickte. Sie drehte sich um und ging zurück ins Wohnzimmer.
„Sie wird gleich schlafen. Und lassen Sie sie dann auch schlafen. Achten Sie nur darauf, dass sie warm zugedeckt ist. Das ist sehr wichtig in dieser Phase des Schocks. - Kann ich noch irgendetwas für Sie tun?"
Martha sah ihn an. Was konnte er für sie tun? Ihren Bruder wieder zum Leben erwecken? Ihr den Schmerz nehmen? Ihr ein Mittel geben, damit sie genauso zugedröhnt herumlief wie Claire?
„Nein. Es ist gut."
Von wegen, nichts war gut. Es war ein Unglück, dessen Ausmaß sie jetzt noch gar nicht überschauen konnte. Sie musste telefonieren. Ein Bestattungsunternehmen beauftragen.

Dr. Nord war aufgestanden, griff nach seiner Arzttasche.
„Sie können mich jederzeit anrufen, Martha. Ich weiß, es wird kein Trost für Sie sein, wenn ich das sage, aber es ist sehr schnell gegangen."

Martha blickte fragend zu ihm hoch. Sie musste den Satz nicht aussprechen, er verstand, dass sie ihn wieder nach dem ‚Warum' fragen wollte. Zu oft hatte er wohl schon diese verständnislosen Blicke gesehen.
„Ich weiß es nicht, Martha. Geben Sie sich Zeit."
Als sie Anstalten machte, ihn zur Tür zu begleiten, winkte er ab.
„Ich finde den Weg. Gehen Sie zu Claire."

Claire lag mit halbgeschlossenen Lidern auf dem Sofa. Sie setzte sich auf, als Martha zu ihr trat.
„Wir müssen zu ihm, Martha. Wir können ihn doch jetzt nicht allein lassen."

Natürlich könnt ihr das. Ich war viel allein in meinem Leben. Zu viel. Und auch ich habe euch allein gelassen. Wie auch ihn, damals.
Mach dir nicht so viele Gedanken um mich, kleine Claire. Du bist so zerbrechlich und sensibel. Du hast mich verstanden, mir die Liebe gegeben, die mir fehlte. Vielleicht warst du die Liebe meines Lebens. Nur sagen konnte ich es dir nie ...

„Gleich, Claire, gleich."
Martha war so müde, wollte nur einen Moment hier im Sessel sitzen, Pauls Lieblingssessel, in dem er Zeitung las, seinen Whiskey trank, mit ihr telefonierte. In dem er seine Tochter Heli als

kleines Kind auf dem Schoß gehalten hatte und tröstete. Paul hatte den Sessel selbst entworfen. Damals sein Versuch ins Möbeldesign einzusteigen. Doch sein Anspruch war so hoch, dass seine Möbel nie in Produktion gingen, immer blieb es beim Prototyp. Sehr zum Ärger seiner Freunde und Bekannten. Martha meinte noch die Wärme zu spüren, die Pauls Körper hier hinterlassen haben musste. Nur für einen Moment die Augen schließen und sich vorstellen, dass er jetzt hier sitzen würde. ‚Ach Claire, lass mich, stör mich nicht.', wollte sie sagen.
Doch Claire war aufgestanden. Martha hörte Wasserrauschen aus dem Badezimmer. Gut, gleich würde sie mit ihr zu Paul gehen. Und dann musste sie sich um die Formalitäten kümmern und um ihre und Pauls Familie. Oder andersrum. Was sollte sie zuerst tun?
Wasser, viel Wasser. Ihr Mund war so trocken, ihre Lippen beinah rissig. Durst. Sie hatte doch zu viel getrunken gestern Abend. Sie vertrug nichts. Und wie um Himmelwillen hatte sie sich von Johanna dazu hinreißen lassen können, Schnaps zu trinken? Wie dumm. Doch sie war nicht betrunken gewesen. Auch jetzt fühlte sie sich ganz klar.
Sie musste zu Paul.

Claire. Ich bin tot. Mausetot. Du musst mich nicht noch einmal sehen. Ich bin doch schon fast fort…

Als sie den Hörer aufgelegt hatte, ließ sie den Sekundenzeiger ihrer Uhr nicht mehr aus den Augen. Sechs Minuten und elf Sekunden hatte es gedauert.

Dr. Nord hatte sofort gesagt, dass er nicht mehr helfen könne.

Sie musste ihn noch einmal sehen. Mit geschlossenen Augen sah er bestimmt ganz friedvoll aus. Angesehen mit starrem Blick hatte er sie, dass sie immer wieder die Augen abwenden musste.

Schon einmal hatte sie solche Augen gesehen. Wie ein Teil von ihr.

Vor fünf Jahren starb Grand-mère. Ihre leibliche Mutter hatte sie nie kennengelernt, einen Vater nie gehabt.

Mit sechzehn hatte Maman sie bekommen. Sie starb bei ihrer Geburt.

Niemand hatte etwas bemerkt. Auch Grand-mère nicht. Aus allen Wolken sei sie gefallen, als sie von der Arbeit nach Hause kam und ihre Tochter blutend im Badezimmer lag. Ein kleines Bündel im Arm. ‚Das ist Claire, Maman, meine kleine Claire', sagte Maman noch, bevor sie ins Koma fiel, aus dem sie nicht wieder erwachen sollte.

An ihr verblutet war sie, ihre Maman, ihre schöne junge Maman, die sie nicht hat lieben dürfen und die selbst noch ein Kind war.

Die Großmutter kümmerte sich um Claire, liebte sie auf ihre Weise. Eine Liebe, über der jeden

Tag der Schatten des Todes von Maman hing, und Grand-mère an ihr ‚Versagen' erinnerte.

An einem Geburtstag hatte Mamie, wie Claire sie inzwischen nannte, schon zwei Kir zur Feier des Tages getrunken und schimpfte über ‚die Männer'. Über die, die rücksichtslos junge Mädchen verführten und sich dann nie wieder blicken ließen. Warnen wollte sie Claire, jetzt wo sie doch praktisch ‚erwachsen' sei.

Bei Mamie selbst war es ähnlich gewesen. Auch sie hatte Claires Maman allein großgezogen. Natürlich war sie nicht ganz unschuldig. Unbedenklich war sie gewesen, hatte sich mit diesem Leichtfuß eingelassen. Bei dieser Erinnerung kicherte sie fast ein wenig fröhlich auf, verwandelte das Kichern dann aber - wohl weil sie sich bewusst wurde, dass sie mit Claire sprach - in ein leichtes Hüsteln.

Claire hing damals an ihren Lippen. Es war das erste Mal, dass Mamie mit ihr über Männer sprach. Sie hoffte, nun endlich etwas über ihren Vater und Großvater zu erfahren. Vielleicht holte Mamie sogar ein Bild hervor und sie konnte ihren Vater sehen.

Seelenlos fühlte sie sich in dem Augenblick. Zum ersten Mal.

Natürlich, sie gehörte zu Mamie, irgendwie. Doch war das für sie keine ‚kleine Familie', Mamie war die Frau, die ihr zwar all das sagte, was Mütter ihren Kindern sagten, wie 'Putz dir die Nase', 'lösch jetzt das Licht', jedoch nie mit diesem zärtlichen Tonfall, den Claire glaubte in Erinnerung zu haben, als diese zu ihrer Mutter sagte: ‚Das ist meine kleine Claire'. Sie wusste, dass sie sich unmöglich wirklich daran erinnern konnte, aber sie wollte es doch so gern. Einmal diese Wärme spüren und hören. Sie sehnte sich nach bedingungsloser Liebe, die ihr Mamie so nicht gab, nicht geben konnte.

So saß sie da und hoffte auf Erinnerungen, erzählt wiedergegebene Erinnerungen, und sei es nur ein vermaledeites Foto, das Mamie hervorholen würde. Erst viel später würde sie sehen, dass es keine Fotos gab, zumindest nicht von den Männern in dieser ‚Familie'. Die waren alle weg- oder ausgeschnitten worden, fein säuberlich, mit der Nagelschere. Von ihrer Mutter fand sie ein kleines Album, das Mamie unter ihrer Matratze all die Jahre aufbewahrt und vor Claire versteckt hatte. Als sie es durchblätterte, glaubte sie zunächst, es seien Fotos von ihr selbst, die sie nur noch nie gesehen hatte.

Betrunken war Grand-mère nicht an jenem Abend, das schätzte Claire als Kind falsch ein. Die Zunge war zwar gelockert, nicht aber der Verstand.

Als sie sah, wie sehr Claire sich nach der Wahrheit sehnte, versprach sie, ihr noch vor ihrem Tod alles zu erzählen. ‚Versprochen, versprochen und niemals gebrochen?' fragte Claire sie. Und als Mamie den Spruch wiederholte, wusste

sie, dass sie eines Tages erfahren würde, wer ihr Vater war.
Darauf sollte Claire noch weitere zehn Jahre warten. Als es soweit war, nannte ihr Mamie die Adresse eines Notars, der alle Informationen hatte und sie nach ihrem Tod an sie weitergeben würde.
Am selben Tag starb Mamie. Sie hatte den kommenden Tod gespürt. Claire war allein mit ihr. Als sie tot war, schloss Claire ihr die Augen. Paul hatte sie nicht die Augen schließen können. Da waren noch so viele Fragen in seinem Blick. Grand-mère war auch älter, da konnte man den Tod eher akzeptieren. Pauls Blick hielt sie kaum aus.

Martha klopfte von außen an die Badezimmertür.
„Alles in Ordnung, Claire?"
Die hatte Nerven! Was sollte sie denn darauf sagen? Am liebsten hätte sie gerufen: ‚Klar, meine Liebe, ich mache mich nur für meinen toten Liebsten ein bisschen frisch!'
Sie wusste nicht, ob sie lieber allein sein wollte. Dr. Nord hatte darauf bestanden, Martha Bescheid zu geben. Vielleicht hatte er Recht. Aber sie war immer allein gewesen. Dieses Gefühl konnte ihr auch Paul nicht nehmen, obwohl er ihr so nah war, nah sein musste.
Was machte sie hier? Sie sollte gehen. Schnellstens. Weg aus dieser Stadt. Fort von hier, wo sie

niemanden kannte, bis auf Pauls Freunde und Familie, ein paar Auftraggeber.
Sie musste zurück nach Frankreich. So würde sie nicht jeden Tag an dieses Unglück erinnert werden. Doch bis zur Beerdigung wollte sie bleiben. Keiner würde es verstehen, wenn sie schon jetzt ging. Sie wollte nicht erklären, warum sie solche Angst vor dem Tod hatte. Das war zu intim. Die ‚letzte Ehre' aber wollte sie Paul erweisen.
„Claire, so antworte doch. Was machst du da drinnen?" Marthas Stimme klang wirklich besorgt. Sie musste ihr antworten, sonst brach sie womöglich noch die Tür auf. Claire musste wider Willen lächeln.
Paul hatte ihr erst vor ein paar Tagen die Geschichte erzählt, als Martha sich das Handgelenk brach, weil sie ihn verprügeln wollte und er sich eingeschlossen hatte. Grinsend konnte sie ihr unmöglich gegenübertreten.

Für Martha und mich damals eine dramatische Geschichte. Ich wollte dir so viel mehr noch erzählen. Von mir, meinem Leben. Und den zerbrochenen Träumen…

„Claire, sag doch was!"
Nein, nichts war in Ordnung. Sie war durcheinander. Sie wusste kaum, was sie hier die letzte Viertelstunde im Badezimmer getan hatte. Doch dafür konnte schließlich Martha nichts. Sie durf-

te nicht ungerecht sein. Gerade nicht zu Martha. Sie war die Einzige in Pauls Familie, die sie von Anfang an akzeptiert hatte. Mit keiner Silbe und keinem Blick kommentierte sie Claires Beziehung zu Paul, noch gab sie in irgendwelcher Weise zu verstehen, dass sie den Altersunterschied für zu groß hielt.
Wie lieb Martha vorhin zu ihr gewesen war.

Claire konnte sich nicht erinnern, jemals von einer Frau in den Arm genommen worden zu sein. Mamie hatte gut für sie gesorgt, doch ihr nie körperlich gezeigt, dass sie sie liebte. Kein An-sich-drücken, kein In-den-Arm-nehmen, kein Über-die-Wange-streicheln, kein Gutenachtkuss. Keine Berührungen.
Das war es, was sie an Paul mochte. Gleich an der Supermarktkasse, als sie so verzweifelt war, weil ihr ein paar Euro fehlten und sie vor lauter Peinlichkeit am liebsten im Erdboden versunken wäre, griff er nach ihrer Hand und beruhigte sie. Groß und warm war seine Hand. Eine Hand, von der sie gern sofort und auf der Stelle gestreichelt werden wollte. Überall. Schlanke Finger, die dennoch eine Kraft ausstrahlten und dabei sicher sehr zärtlich sein konnten.

Claire war nicht enttäuscht worden. Er war ein wunderbarer Liebhaber. Dass sie dabei so wenig empfand, lag nicht an ihm. Bestimmt nicht. Es lag an ihr.

Warum hast du mir nie gesagt, dass dir etwas fehlt? Natürlich habe ich deine Zurückhaltung gespürt, spüre sie noch jetzt. Es tut mir leid, dass ich nicht lange genug für dich leben konnte. Verzeih…

Sie hatte ihn gesucht und gefunden. Sie wollte von ihm angesprochen werden. Nicht umsonst fuhr sie jeden Tag durch die ganze Stadt, um in ‚seinem' Supermarkt einzukaufen. Dass sie sich dann auf der Stelle in ihn verliebte – damit hatte sie nicht gerechnet. Das war nicht vorgesehen. Genau so wenig wie sein Tod. Der so plötzlich kommen musste.
Sie hatte ihn geliebt, aufrichtig und von ganzem Herzen. All die Jahre hatte sie sich nach ihm gesehnt.
Langsam drehte Claire den Schlüssel im Schloss und öffnete Martha die Tür.

4.

Zufall. Es war Zufall gewesen, dass sie von Pauls Tod erfuhr.
Kam vom Tennisplatz und wollte noch schnell etwas zum Mittagessen in dem kleinen Feinkostladen holen. Nichts Besonderes, ein paar Nudeln, die sie nur ins Wasser zu werfen brauchte. Für sie und die Kinder reichte das. Jeden Tag diese elende Kocherei! Und dann bei der Hitze!
Sie hatte sich auf dem Platz ein bisschen verplaudert. Absichtlich. Ging schon seit Wochen damit schwanger. Hatte mit ihrer Tennispartnerin noch einen Kaffee getrunken. Das tat sie sonst nie. Aber sie wollte etwas wissen. Brauchte bestimmte Informationen.
Das Wetter war einfach zu schön, um in der Küche zu stehen und zu kochen. Und es hatte wohl heute sein sollen, dieses ‚informative Gespräch'. Kein Zufall!
Über ihre Männer sprachen sie. Genau genommen fragte Emmy ihre Tennispartnerin über deren ‚Ex' ein bisschen aus. Natürlich ganz unauffällig, nebenbei und sehr dezent. Vor allem das Scheidungsprozedere interessierte sie.
Nach fünfzehn Jahren war sie nun so weit. Emmy wollte wieder Emma werden!
Fünfzehn Jahre Ehe. Mehr oder wenig glücklich. Das war zu wenig.

Seit über einem Jahr war aus dieser Ehe immer mehr eine Art Arrangement geworden. Man arrangierte sich. Sich, die Kinder, den Alltag, den Sex, die Finanzen. Wo war nur die Liebe geblieben?

Sie beschloss, etwas in ihrem Leben zu ändern. Selbstständiger werden wollte sie. Nicht nur die Rolle der Mutter in einer gutfunktionierenden Familie ausfüllen, sondern sich auch wieder als Individuum verstehen. Sie wollte ihre Ausbildung abschließen, sprach mit ihrem Mann.
Mit allem hatte Emmy gerechnet, nur nicht mit diesem höhnischen Lachen. Was denn das für eine Schnapsidee sei? Wieder an die Uni? Wozu? Auf den Arbeitsmarkt gehen mit Mitte vierzig ohne Berufserfahrung? Ob sie schon mal ernsthaft darüber nachgedacht habe? Und zwar richtig, mit allen Konsequenzen? Absolut lächerlich! Sie habe doch überhaupt keine Chance. Steuerlich würde das auch nichts bringen. Diese Form von ‚Selbstverwirklichung' habe sie nun wirklich nicht nötig. Sie solle ihr Leben schön genießen und sich weiterhin um die Kinder kümmern. Die brauchten sie schließlich noch, so weit seien die noch nicht! Und überhaupt: über das Geld, das er ranschaffte, könne sie sich ja nun wirklich nicht beklagen. Wie würde das denn aussehen, wenn sie auf einmal anfinge zu arbeiten? Das Haus war so gut wie abbezahlt, seine Praxis lief hervorragend und war fast schuldenfrei.

Beim letzten sarkastischen Auflachen konnte Emmy nicht mehr an sich halten und fiel ihm ins Wort. Sie schrie ihn an.
Sie könne das Thema ‚Geld' nicht mehr hören. ‚Schatz, reich mir doch bitte mal den Zweihundert-Euro-Schal', äffte sie ihn nach.
So, aber es ausgeben und die Vorteile nutzen, wenn man welches hat, das würde sie schon.
Na toll, und was sie selbst für sich brauchen würde, das interessiere ihn wohl gar nicht mehr? Habe ihn wohl noch nie wirklich interessiert, daran hege sie schon lange keinen Zweifel mehr. Er habe sie doch nur geheiratet, weil es ganz gut passte. Und sie hatte tadellos funktioniert. Diese Rolle erfüllt. Doch jetzt wolle sie nicht mehr mitspielen. Zumindest nicht nach seinen Spielregeln.
Er stand wortlos vom Tisch auf und verließ das Esszimmer. Emmy saß da, an der schön gedeckten Tafel, in dem monströsen, kalten Esszimmer, das sie nur an Weihnachten oder Geburtstagen nutzten oder zu ‚besonderen Anlässen'. Mit all diesen Designer-Möbeln, die geschont werden mussten. Sie blieb sitzen und fühlte sich wie ein kleines dummes Schulmädchen, das man glauben machen wollte, dass es nicht bis drei zählen könne.
In dem Moment musste ihr ganzer immenser Zorn entstanden sein. Der Zorn auf sich selbst. Mit einem Ruck zog sie die Tischdecke vom Tisch. Geschirr, Gläser und die vielen kleinen

Schalen mit den verschiedenen Tapas stürzten auf den neu verlegten ‚hochwertigen 180-Euro-der-Quadratmeter' Teppichboden.
Wie naiv war sie doch all die Jahre gewesen. Natürlich, sie war gern Mutter, wollte und liebte beide Kinder von der ersten Sekunde an. Hatte immer von einer Familie geträumt. Einer glücklichen Familie! War bereit, dafür das eine oder andere ‚Opfer' zu bringen, das sie selbst nie als Opfer empfand. Bekam sie doch die Liebe ihrer Kinder.

Doch jetzt, wo sie sich selbst wieder in den Mittelpunkt ihres Lebens stellen wollte, zumindest zeitweise, stieß sie bei ihrem eigenen Mann auf völliges Unverständnis und keinerlei Unterstützung.
Er hörte auf mit ihr zu sprechen – sie mit ihm zu schlafen.
Die Kinder spürten die ‚dicke Luft'. Natürlich. Jetzt, ein Jahr nachdem dieses Gespräch stattgefunden hatte, war Emmy soweit, sich scheiden zu lassen. Doch wie stellte man das an?
Im Lauf dieses letzten Jahres dachte sie immer mal wieder an Paul. Er war ihr einziger Freund. Zu gern hätte sie sich mit jemandem über ihre Probleme ausgetauscht, eine männliche Sichtweise gehört. Suchte nach einer Erklärung, was in ihrer Ehe mit ihr und ihrem Mann passiert war. Doch seit der Hochzeit hatte sie keinen Kontakt mehr zu Paul, und nach über fünfzehn

Jahren konnte sie sich ja wohl schlecht einfach bei ihm melden, ‚Du, ich brauche da mal einen Rat'.

Nach der Heirat hatte sie ihre Bekanntschaften ‚einschlafen' lassen. Männliche ‚Bekannte' hätte ihr Mann auch nicht zugelassen. Unvorstellbar! Das hatte er gleich zu Anfang ihrer Beziehung nicht nur durchblicken lassen, vielmehr klargestellt. Sie fühlte sich geschmeichelt durch diese kleine Eifersucht. Traf Paul noch ein paar Mal, meldete sich in immer größeren Abständen, bis der Kontakt versickert war.

Andere Freundschaften hatte sie nie gehabt. Die sogenannte ‚beste Freundin' im Leben jeder Frau war ihr immer ein Rätsel geblieben und kannte sie nur vom Hörensagen.

Natürlich traf sie sich mit den Frauen der Arbeitsbekanntschaften ihres Mannes, pflegte Kontakte. Im Grunde liefen alle außerberuflichen Termine und Verbindungen fast ausschließlich über sie. Auch ihr Mann hatte keinen ‚besten' Freund. Reine Geschäftsbeziehungen. Zugegeben, er hatte es weit gebracht. Finanziell. Wie viel er verdiente, wusste Emmy jedoch nicht.

Den neuen Porsche, den sie letztes Jahr zum Geburtstag bekam, bezahlte er bar. Freuen konnte sie sich darüber nicht. Jedes zweite Jahr bekam sie ein Auto, in dem anderen Jahr ein Schmuckstück: den Brillantring, das Collier, die Ohrringe. Vorhersehbar. Und ihr so gleichgültig.

Was sie sich ersehnte, bekam sie nicht von ihrem Mann: Interesse an ihren Gedanken, Ideen und Ansichten.
Gemeinsame Ziele oder Pläne hatten sie schon lange nicht mehr. Ihr Mann hatte für sich alles erreicht, was er wollte: Die Praxis, sie und die Kinder. Genau in dieser Reihenfolge. Mehr wollte er nicht mehr ‚planen'. Er sah nicht, wie unglücklich sie war, trotz Schmuck und Autos und der Kinder. Ahnte nicht einmal, dass sie sich nach seiner Eigeninitiative sehnte. Sich wünschte, er würde auch einmal Anregungen geben, und sei es nur mal eine Leseempfehlung für ein Buch. Sie hatten nach fünfzehn Jahren ganz einfach keine Gesprächsthemen mehr.
Die Kinder liefen für ihn ‚so mit'. ‚Das sei nicht seine Abteilung', erklärte er ihr vor Jahren einmal, als sie ihn fragte, warum er sich nicht zumindest abends, wenn die Kinder zu Bett gingen, ein bisschen Zeit für sie nähme. Sich zu ihnen setzte, mit ihnen spräche, oder etwas vorläse, statt in den Fernseher oder eine Fachzeitschrift zu starren. Letzteres verkniff sie sich allerdings. Die Antwort war auch so geradezu vernichtend. ‚Du bist doch die Bibliomanin, lass mich bloß mit dem Kinderkram in Frieden.'

Kurz war sie zusammengezuckt. Es schmerzte, wie er über ihr Studium dachte und sprach.
Als sie einmal versuchte, sich bei ihrer Mutter auszuweinen, sah diese sie nur verständnislos an:

‚Aber Kind, du hast ihn dir doch selbst ausgesucht…'
Er war ihr gleichgültig geworden. Geld, Ansehen, der blöde Porsche. Konnte sie sowieso nur fahren, wenn sie nicht mit den Kindern unterwegs war, sie zum Sport, zur Klavierstunde oder sonst wohin kutschierte. Auch zum Einkaufen war der Wagen ungeeignet. Eigentlich kam er nur zum Einsatz, wenn sie zum Tennisplatz fuhr. Einmal die Woche.
Wo war sie selbst in all den Jahren geblieben? Wo ihr Traum von der Lehrerin, die unterrichten wollte? Ja, vielleicht sogar dozieren? Warum nicht? Eine Uni-Karriere schien damals gar nicht so abwegig. Das Zeug dazu hatte sie, bestätigte ihr ihr Professor immer wieder und ermutigte sie. Ihre Doktorarbeit war fast fertig geschrieben, die mündliche Prüfung fehlte noch. Dann wurde sie schwanger. Statt Prüfungen kamen die Hochzeit und dann gleich die Wehen. Alle hehren Vorstellungen von einer akademischen Laufbahn waren dahin.
Und jetzt war es, als sei sie aus einem langweiligen Traum erwacht.
Bei einem wortlosen Streit, derer es so viele gab in den letzten Monaten, hatte ihr Mann doch zumindest einmal eine Reaktion gezeigt: ‚Überleg es dir gut. Wenn du gehst, dann bringe ich uns alle finanziell in den Ruin. Du wirst sehen. Ich fahre uns gegen die Wand.'
Erpressung nannte man das.

Wie war es dazu gekommen? Zu dieser Nebeneinander-her-Ehe? Zum Kotzen war das. Da lebte ja ihre Mutter emanzipierter.
Sie würde noch einmal von vorn beginnen.
Andere Ehen gingen kurz vor der Goldenen Hochzeit in die Brüche. Tendenz steigend. ‚Nur Mut', hatte sie sich heute Morgen im Spiegel laut zugesprochen. ‚Du bist nicht alt! Nur ‚interessant'! Dann musste sie lachen. Seit langem mal wieder.

Emmy nutzte die Gelegenheit, ihre Tennispartnerin ein wenig aus dem Nähkästchen plaudern zu lassen. Nach einer Tennis- und einer Kaffeestunde befand sich ihr augenblicklich kostbarstes Gut in ihrer Jil-Sander-Handtasche: ein Bierdeckel mit der Telefonnummer eines seriösen Scheidungsanwalts.
Der erste Schritt war getan. Für übermorgen schon hatte sie einen Termin. Ganz aufgeregt am Telefon war sie gewesen. Und doch auch erleichtert, wie einfach es war, dieses Treffen zu verabreden. Sicher, der Mann verdiente ja auch an ihr. An ihrem Schmerz und ihrer Hilflosigkeit.
Immer wieder hatte sie versucht, mit ihrem Mann zu reden. Doch der schwieg beharrlich, blieb stumm. Hätte sie jemanden von den Situationen erzählen können – niemand hätte ihr Glauben geschenkt. Wie ihr Mann schwieg. Tat, als höre er nicht die Sätze: ‚Wir müssen reden.',

‚Was liegt dir noch an mir?' ‚Welche gemeinsame Zukunft haben wir?'. – Keine Reaktion. Höchstens ein: ‚Ich komme morgen Abend etwas später.' oder ‚Zu der Schulaufführung werde ich es nicht schaffen.' Ein Verdrängungskünstler. Fast schon zum Lachen, wenn es nicht zum Weinen wäre.
So lief die einzige Art von Kommunikation, die noch zwischen ihnen stattfand. Dann lieber gar keine Kommunikation. Oder eben über den Anwalt.
Als sie ihr Handy ausschaltete, lächelte sie.
Doch nun stand sie hier, in diesem Feinkostladen, immer noch diese alberne Freude im Gesicht und hörte den Satz: ‚Der Paul ist tot.' Jedes weitere Wort drang wie aus weiter Ferne zu ihr.

Sie wusste sofort, das ‚ihr' Paul gemeint war, der einzige Freund, den sie jemals gehabt hatte.
Seit der fünften Klasse waren sie zusammen. Saßen nebeneinander, ließen sich abschreiben und sagten sich gegenseitig vor. Als es aufs Abitur zuging, büffelten sie zusammen Mathe. Jeden Tag. Da hatten sie beide von den letzten Jahren her einiges aufzuholen. Bei ihm war es Faulheit, bei ihr Desinteresse. Aber sie brauchten zumindest zwei Kurse fürs Abitur.
Es war Pauls Idee gewesen. Die anderen vermuteten, dass sie sich füreinander ‚interessierten' und miteinander ‚gehen' wollten. ‚Jetzt endlich, nach all den Jahren', hatten sie gemunkelt. Beide

lachten sie darüber, als Paul ihr von den Vermutungen der Mitschüler berichtete. Solche Gerüchte drangen nie bis zu ihr vor. Wer hätte ihr so etwas erzählen sollen? Freunde hatte sie keine. Auch keine Freundinnen. Höchstens ‚Sportkameradinnen'.
Paul und sie, sie wollten nichts voneinander. Überhaupt nicht. Nicht eine Sekunde. Wollten nur durch dieses Abitur kommen. Emmy brauchte es. Wollte Lehrerin werden, wenn auch nicht gerade Vektorrechnung unterrichten. Lieber Deutsch und Englisch.
Im Garten spielten sie oft stundenlang Federball, warfen sich dabei gegenseitig die Formeln an die Köpfe. Der, der den Ball nicht bekam, durfte die nächste Aufgabe stellen.
Sie hatten Spaß zusammen, lachten viel. Hinterher tranken sie artig die selbstgemachte Ingwer-Limonade von Hanne, die sie ihnen auf die Terrasse stellte. Sie verstanden sich gut. Aber nicht gut genug, um mehr als Freunde zu werden. Emmy fand Paul klasse, aber nicht als Mann.
Wirklich erklären konnte sie das nicht, hatte Paul doch alles, was sie an einem Jungen anziehend fand. Er war intelligent, sah gut aus, hatte Humor. Doch es fehlte etwas. Sie konnte nicht sagen was. Lange dachte sie darüber nach. Warum nur wollte sie sich nicht in ihn verlieben?

Sie bekam die Antwort an einem der schwülen heißen Nachmittage, als sie wieder einmal zu-

sammen gelernt hatten. Erschöpft und außer Atem ließ Emma sich in einen bequemen Liegestuhl fallen, streckte ganz ‚grand-dame' die Hand nach der Limonade aus, damit Paul sie ihr kredenzen konnte. Doch der hatte nichts Besseres im Sinn, als einen wahren Veitstanz aufzuführen. Als Emma bei diesem Anblick in haltloses Lachen ausbrach, reagierte Paul hilflos und wenig humorvoll. ‚Hör auf hier rumzugackern. Hilf mir lieber, diese Bestie zu eliminieren!' Bei der ‚Bestie' handelte es sich um eine Mücke oder auch vielleicht eine Wespe, so genau erinnerte sich Emma nicht mehr.
Dieser ‚Tanz' wirkte auf Emma so unmännlich, das er für sie die Erklärung war, warum sie sich nicht in Paul verliebt hatte.

Den letzten Mathe-Kurs schafften sie beide. Mit Ach und Krach, aber sie hatten ihn. Nie wieder Mathe. Das musste gefeiert werden! Ganz groß! Mit allem was dazu gehörte. Ein Riesenfest. Mit sturmfreier Bude.
Hanne war verreist. Übers Wochenende. Nahm an einem Kongress teil. Martha studierte bereits in der Schweiz. Die Luft war rein.
Somit gab es auch nicht die selbstgemachte Limonade.
Die guten Sachen, Wodka, Bacardi-Cola und Ramazzotti waren angesagt. Sie legten alle zusammen. Einige plünderten die Bar ihrer Eltern. Eine tolle Party.

Es wurde wild getanzt.
In dem Jahr fand ein Schüleraustausch mit Frankreich statt. Für die Franzosen war es ihr letzter Abend.
Die Jungs hielten nichts vom ‚auseinandertanzen', griffen sich die Mädchen und wirbelten sie in einem frei erfundenen Rock-'n'-Roll-Stil um sich herum.
Paul lernte schnell, entpuppte sich als wahrer John Travolta. Emmy dagegen hatte überhaupt kein Rhythmus-Gefühl. Winkte lachend ab und drückte ihm ihre Austauschschülerin in den Arm, die die ganze Party über nicht von ihrer Seite gewichen war.
Eine schmale, schlanke, ganz schüchterne Person. Emmas Mutter hatte ihr gerade am Nachmittag einen langen Vortrag gehalten wie enttäuscht sie von Emma sei. Dass sie das Mädchen so wenig mit einbezogen habe in ihre Freizeitgestaltung.

Emma hatte genervt die Augen verdreht. Sie hatte genug für die Schule zu tun. Und in der wenigen Zeit, die ihr blieb, zusammen mit Paul für Mathe gebüffelt.
Außerdem stand noch das Tennisturnier an. Sie trainierte doch nicht das ganze Jahr wie eine Blöde, um dann am entscheidenden Turnier nicht teilzunehmen, weil irgend so ein arrogantes Baguette-Brötchen sich wochenlang in ihrem Zimmer ausbreitete.

Von Anfang an war sie gegen diese Austausch-Aktion gewesen. Doch ihre Mutter insistierte, zumal sie eine gute Freundin der Frau des Direktors war, der hier seine frankophile Seite ausleben und darstellen wollte.
Deshalb durfte Emma drei Wochen im Gästezimmer schlafen. ‚Als Zeichen der Gastfreundschaft', hatte ihre Mutter ihr nachgerufen, weil Emma schon wieder auf dem Weg zum Tennisplatz war. Na toll. Tennis spielte das Baguette-Brötchen auch nicht.

Sie war schon genervt gewesen, bevor das Mädchen auch nur einen Fuß in die Tür gesetzt hatte. Zum Glück stellte sie sich als anspruchslos heraus. Beschwerte sich nicht, wenn Emma sie allein ließ, saß stundenlang in Emmas Zimmer und las. Machte höflich Konversation mit ihrer Mutter, die die restlichen französischen Wissensbrocken aus ihrer eigenen Schulzeit und ihren zwei Frankreichreisen hervorkramte und auf Französisch antwortete. Richtig peinlich war das Emma.
‚Das solltest du auch tun, mein Kind. Das trainiert. Sei doch ein bisschen netter zu dem armen Ding. Dann fährst du nächstes Jahr zu ihr, statt eine dieser sündhaft teuren Sprachreisen zu machen.'
Brr. Was sollte sie da. Hoffentlich vergaß ihre Mutter diese Idee wieder. Emma sollte ‚Pech' haben. Die Mutter hielt an diesem Einfall fest.

Dass es doch noch ein ‚Glück im Unglück' werden sollte, ahnte damals noch niemand.

Emmy war ganz bleich geworden. Die Verkäuferin kam hinter der Ladentheke zu ihr herum. Hielt ein Glas Wasser in der Hand.
„Hier, trinken Sie erst mal einen Schluck."
Emmy griff dankbar nach dem Glas, trank es mit einem Zug aus.
„Danke. Es ist wohl die Hitze."
Die ‚Paul-ist-tot-Kundin' mischte sich ein. Eine alte Dame, mit einem groß geblümten Sonnenhut.
„Ja, das sagt meine Schwester auch immer. Und die ist ja so wetterfühlig. Aber dass die Hitze jetzt auch schon so jungen Menschen zu schaffen macht. Der Mann war doch noch keine fünfzig!"

Der Mann, der Freund – Paul.
Emmy sah die Frau verständnislos an.
„Naja, in der Blüte seines Lebens, sozusagen. Man weiß eben nie, wann der liebe Gott einen zu sich holt."

Alte verschrobene Tratschtante! Sie sollte Emma in Ruhe lassen. Die konnte sich doch gar nicht zur Wehr setzen, die Kleine. Er hatte seine Nachbarin noch nie wirklich leiden können. Musste natürlich auch gleich überall herumposaunen, dass er tot war. Was ging die das an...

„Danke, es geht schon wieder." Emmy rappelte sich von dem Stuhl hoch, den ihr die Sonnenhutfrau hingestellt hatte.

„Nein, nein, Kindchen, bleiben Sie ruhig noch fünf Minuten sitzen. Das ist nur gut für den Kreislauf. Ich kenne mich da aus."

Doch Emmy stand entschieden auf, blickte die dunkle Sonnenbrille funkelnd an, bemühte sich ihre wackeligen Knie durchzudrücken, um nicht zu taumeln. Was bildete sich die dicke, alte Kuh ein? Sagte ‚Kindchen' zu ihr. Sie war kein ‚Kindchen', sie war eine erwachsene Frau, die fünfzehn Jahre Ehe hinter sich, zwei Kinder geboren hatte und seit zehn Minuten in Scheidung lebte! Eine Frau, die gerade entschieden hatte, ein anderes Leben zu führen als ihr bisheriges: Emmy würde wieder Emma! Wenn sie diesen Weg jetzt nicht ging, würde es sie maßlos ärgern, wenn sie nichts ändern würde und morgen so tot wäre wie Paul!

Sie musste nach Hause. Sie wollte Martha anrufen. Die hatte nie geheiratet, so weit sie wusste. Stand sicher im Telefonbuch. Sie musste zur Beerdigung, zu Pauls Beerdigung, um dabei ihr eigenes ‚altes' Leben gleich mit zu begraben.

Recht so, Emma. Geh deinen Weg. Aber komm nicht zu meiner Beerdigung. Da werden doch nur Tränen fließen. Sag mir so Adieu. Aber haben wir das nicht schon vor Jahren getan?…

Entschlossen schob Emma den Sonnenhut vorsichtig aber bestimmt zur Seite.
„Vielen Dank, ich fühle mich blendend."
Sie freute sich, als keine Widerworte kamen. So musste man das also machen. Bestimmt und unfreundlich sein. Na, das würde sie zu Hause auch mal bei ihrem Noch-Ehemann probieren. Ob er dann wohl wieder mit ihr sprach oder ihr zumindest zuhörte?
Sie verließ den Laden mit einem höflichen ‚Auf Wiedersehen', stieg in ihr Auto, das direkt vor der Ladentür parkte. Die Verkäuferin kam ihr nachgelaufen, reichte ihr ihre Tasche.
„Herrje, Dankeschön. Ich bin wohl wirklich etwas durcheinander heute." Emma lächelte die Verkäuferin freundlich an.
„Und danke für das Glas Wasser."
„Kein Problem. Auf Wiedersehen."
Jetzt aber Gas geben. Dann gab's eben keine frische Pasta. Die Miracoli-Mischung würde es auch tun. Die Kinder würden sich freuen.
Übertrieben spielten sie zusammen den jeweils angesagten Werbespot nach, wenn es diese Nudeln mit der Fertigsoße gab. Ihr Mann mochte das gar nicht, konnte es nicht ausstehen, wenn sie mit den Kindern so albern war. Verdrehte die Augen und bekam schlechte Laune. Sie deutete den Kindern dann immer an, mit dem Spiel aufzuhören. Schrecklich, diese falsche Rücksichtnahme. Nun, das würde sich jetzt ändern. Und zwar zügig.

Doch erst schnell die Nummer von Martha heraussuchen.

Als sie die Haustür aufschloss, wusste sie, dass jemand da war. Sie schloss immer zweimal um. Ihr Mann bestand darauf. ‚Versicherungstechnische Gründe', erklärte er ihr einmal des langen und breiten, als sie es vergessen hatte. Jetzt ließ sich die Tür mit einem ‚Klick' öffnen. War die letzte Stunde ausgefallen?

Zögernd trat Emmy ins Haus, warf die Tennissachen in eine Ecke des Flurs. Die Tür zur Küche war nur angelehnt. Ihr Mann saß am Küchentisch und las Zeitung. War etwas passiert?

Ein Blumenstrauß stand auf dem Tisch. Nelken. Sie hasste Nelken. Auch noch ausgerechnet rote. Hatte sie etwas vergessen? Ihren Hochzeitstag? Nein, da bekam sie immer Baccara-Rosen. Langstielige. Soviel Jahre wie sie verheiratet waren mal zehn. Und jedes Mal stach sie sich natürlich an ihnen, wenn sie sie neu anschnitt, bekam Pusteln an den Händen, weil sie allergisch darauf reagierte.

Ihr Mann stand auf, kam auf sie zu. Oh Gott, er sollte nur nicht versuchen, sie in den Arm zu nehmen. Es war zu spät. Sie liebte ihn nicht mehr. Rote Nelken hin oder her.

„Schatz, es tut ..."

Jetzt bloß nicht weich werden. Sie hatte diesen Termin beim Anwalt, ihrem Verbündeten. Ein ‚neuer Freund'. Jetzt, wo sie wusste, dass sie ihren einzigen Freund verloren hatte.

Sie würde nicht wieder den gleichen Fehler machen, wie schon so oft zuvor. Und weiter an dem Fehler festhalten, den sie vor fünfzehn Jahren begangen hatte, als sie vor dem uninspirierten und offensichtlich gelangweilten Standesbeamten ihr Ja-Wort gab. Bereits am nächsten Tag waren ihr starke Zweifel gekommen. Jahrelang hatte sie dennoch ausgehalten. Doch sie wollte nicht mehr den Rest ihres Lebens damit zubringen, sich Gedanken über diesen Fehler zu machen.
Sie fiel ihm ins Wort.
„Ich liebe dich nicht mehr."
Sie sah wie er rot im Gesicht anlief. Nein, er würde sich jetzt nicht auf sie stürzen. Seine Schultern sackten nach unten.
Traurig sah er sie an.
„Ich weiß. Aber ich wollte es wenigstens noch einmal versucht haben."

Emma wollte keine Erklärung hören, wollte nicht mehr wissen, wie er zu dem Entschluss gekommen war, mit diesem grässlichen Blumenstrauß mitten am Tag hier aufzutauchen.
Sie musste jetzt die ‚neue Emma' sein, wenn sie heil aus der Sache herauskommen wollte. Ganz taff und klar.
„Ich schlage vor, dass unsere Anwälte miteinander reden."
Sie entnahm seiner Miene, dass er damit nicht gerechnet hatte und freute sich ein bisschen.

„Wenn du meinst."
Ganz klein und allein kam er ihr vor. Fast wäre sie zu ihm hingegangen, um ihn in den Arm zu nehmen. Doch gleichzeitig ärgerte sie sich auch. Wie leicht er sich das Ganze machte. Nicht eine Regung sah sie in seinem Gesicht nach der ersten Überraschung. Kein Anzeichen dafür, dass er sich doch noch einmal aufraffte und um sie kämpfen würde. Das hatte sie sich immer gewünscht. Immer wieder hatte sie erobert werden wollen von ihrem Mann. Ihrem eigenen Mann.

Er war kein Kämpfer, vielleicht in seinem Beruf, nicht aber privat. So viel Temperament konnte sie von ihm nicht erwarten.
Wortlos stand er auf und ging zur Tür. Er drehte sich nicht um, sagte nicht ‚Auf Wiedersehen', ging und ließ die Haustür offen stehen.

Traurig. Er ging aus ihrem Leben. So wie Paul gegangen war. Ohne Abschied. Vielleicht war das gut so. Aber von Paul wollte sie Abschied nehmen.

Wie gut das tut, dich jetzt so zu sehen. Ich habe mich oft gefragt wie es dir ergangen ist, in all den Jahren. Einmal war ich kurz davor, dich anzurufen. Wollte mit dir sprechen, damals, als ich Mona verließ. Da ging's mir richtig schlecht. Wollte einen Rat, von einer klugen Frau, die weder meine Mutter noch meine Schwester war. Doch irgendetwas hielt mich davon ab…

Emmy nahm die Blumen vom Küchentisch und warf sie in den Mülleimer.
Sie war noch nie auf einer Beerdigung gewesen. Alle Menschen, denen sie in ihrem Leben begegnet war, lebten noch. Nein, das stimmte nicht ganz. Eine nicht mehr. Das Baguette-Brötchen war gestorben, kurz bevor Emma selbst nach Frankreich reisen sollte.
Ihre Mutter bestand damals darauf, den Kontakt zu der französischen Familie aufrechtzuerhalten. Emma hatte maulend bereits die Zugfahrkarte von der Mutter entgegengenommen, als die Nachricht eine Woche vor ihrer Abreise kam. Natürlich fuhr sie nicht.
Es schockierte sie, dass so ein junger Mensch starb. Statt der Frankreichreise konnte sie mit dem Tennisclub noch kurzfristig in ein Trainingslager fahren, wo sie dieses Unglück schnell vergaß. Mit Paul sprach sie darüber nie.

Die Mutter schickte seinerzeit unter großem Aufwand einen Blumenstrauß nach Frankreich zur Beerdigung des jungen Mädchens. Woran und wieso sie gestorben war, erfuhren sie nicht.

Ich ahnte es damals. Doch es war ein Geheimnis. Hättest du gefragt, so wäre es zu dem unseren geworden. Dir hätte ich damals mein Herz ausschütten können. Ganz unschuldig warst du nicht daran, gabst mir doch ihre Hand, diese kleine Hand, die eine Nacht lang so zärtlich und liebevoll war...

5.

Hanne schloss leise die Tür hinter Martha. Sie hatte jedes Wort verstanden, das ihre Tochter zu ihr sagte. Sie zweifelte keine Sekunde.
Vor Tagen schlief sie schlecht, träumte, dass ihr die Zähne ausfielen. Am Morgen dann verdrängte sie den Traum schnellstens. Schon ein paar Mal in ihrem Leben hatte sie sich von ihren Träumen leiten lassen und dabei keine guten Erfahrungen gemacht. ‚Mumpitz' sagte sie zu sich selbst in den Badezimmerspiegel an jenem Morgen und schnitt alberne Grimassen dazu, um den bösen Traum und die Gedanken an ihn zu vertreiben.
Ein bisschen Aberglaube war ja schön und gut, sagte sie sich oft, aber nur nicht mit dem Tod kokettieren.
Doch er war da. Nahm ihr den Sohn. Nun auch den Sohn, nachdem sie ihren Mann schon verloren hatte. Vor Jahren. Der Schmerz war der gleiche. Sie wollte ihn Martha nicht zeigen. Die war sehr irritiert, als Hanne sie bat, sie nun allein zu lassen. ‚Kümmere dich um die anderen!', hatte sie zu ihrer Tochter gesagt. Sie musste jetzt allein sein. Allein mit Paul. Er war doch ihr Kleiner. Martha würde die nächsten Tage so sehr mit der Organisation des Begräbnisses und den Formalitäten beschäftigt sein, dass Hanne

sich ruhig den Egoismus der einsamen Trauer gönnen durfte, ja sogar musste, damit sie nicht zerbrach.

Es tut mir leid, dass du mich jetzt zu Grabe tragen musst. Das ist wider die Natur, ich weiß. Doch ich war machtlos. Ich hoffe, ich war dir ein guter Sohn. Vielleicht ein besserer Sohn als Vater...

War das Gottes Strafe? Das Kind, das mit aller Macht auf diese Welt hatte kommen wollen, musste sie nun viel zu früh gehen lassen.
Hilflos war sie damals, als sie merkte, dass sie schwanger war. Freute sich, war glücklich. Natürlich. Brach in Tränen aus, als der Arzt ihr sagte, dass sie ein Kind erwarte. Und stolz.
Mit Martha ging sie gleich in die nächste Eisdiele. Das kleine Mädchen wusste gar nicht, wie ihm geschah. Drei Kugeln durfte sie sich aussuchen! Wo es doch sonst höchstens mal eine gab, und das auch nur am Wochenende. Sie selbst bestellte sich einen Orangensaft. Frischgepresst. Das hatte sie sich noch nie gegönnt.
Sie wartete ein paar Tage, bis sie es ihrem Mann erzählte, behielt das Geheimnis ein bisschen für sich. Wählte den Zeitpunkt bewusst, an dem sie es ihm sagte.
Zu groß waren ihre und seine Nöte zu der Zeit. Sie wollten kein zweites Kind. Hatten nie dar-

über gesprochen, doch Hanne hatte keine Familie, stand allein, konnte schon Martha kaum geben, was das Kind brauchte. Ihr Mann ging auf Distanz. Kaum merklich, aber für Hanne spürbar. Hatte lieblose Affären, die Hanne bewusst übersah.

Er freute sich. Aufrichtig. Ihre Angst war unbegründet gewesen. Er hatte seinen Satz vergessen, dass ein Kind reiche.
Ein Leben lang hatte sie Angst um Paul. Was stand sie jedes Mal aus, wenn die Kinder zum Schwimmen gingen.
Nie erzählte sie ihrer Familie, woher diese Angst kam. Auch ihrem Mann nicht, sonst hätte er Paul bestimmt nicht im Schwimmverein angemeldet, dazu war er trotz allem zu rücksichtsvoll und einfühlsam gewesen. Aber sie blieb stumm, wollte niemanden verunsichern. All die Jahre. Die anderen mutmaßten, ihre Angst rühre daher, weil sie selbst nicht schwimmen konnte.
Doch sie konnte schwimmen. Das hatte ihr ihr Bruder beigebracht. Benjamin. Er war so stark und so groß. Hatte vor nichts Angst. Niemals. Auch als der ‚gute Deutsche' mit seinem Hund hinter ihnen her war. ‚Spring, Hannah, spring. Ich lenke ihn ab.', hatte er ihr flüsternd zugerufen.
Aber es war doch schon Oktober. Und das Wasser so kalt. Der Mantel drohte sie nach unten zu ziehen. Doch sie schwamm. Schwamm

immer weiter, hinüber ans andere Ufer. Schwamm um ihr Leben, ohne es zu wissen. Lief in den Wald, da wo sie sich treffen wollten. Benjamin war die ‚Flucht' jeden Abend vor dem Einschlafen mit ihr durchgegangen.

Sie fand den Platz auf Anhieb. Zitternd vor Kälte saß sie auf dem feuchten Waldboden und wartete auf ihn.

Warten, das kannte sie. Seit Jahren warteten sie auf die Eltern, unten im Keller bei der dicken alten Frau Kaschube.

Die hatte sie plötzlich aus dem Schlaf gerissen. ‚Raus mit eich, looft, Kinderle, looft', wisperte sie in ihrem schlesischen Dialekt.

Hanne hörte diesen Satz noch heute fast jede Nacht.

Ganz benommen vom Schlaf war sie noch. Der Bruder knöpfte ihr den Mantel zu, kniete sich vor sie hin und hielt sie ganz fest an den Schultern. So fest, dass es fast schon weh tat. ‚Du musst genau das tun, was wir besprochen haben. Und ganz leise sein, Hannah.'

Sie sprach nicht viel. Auch jetzt nickte sie nur stumm. Sie verstand.

Die Eltern waren nicht zurückgekommen. Dabei sollten sie nur ein paar Tage bei der alten Frau bleiben. Vielleicht liefen sie ja jetzt zu ihnen. Dann hätte auch sie eine Mama.

Benjamin sprach viel von den Eltern, wie sie aussahen, was für Lieder sie gesungen hatten. Sie malte Bilder für sie in dem dunklen Keller.

Mit Kohle auf getrockneten Blättern. Oder manchmal auch auf einem Stück Papier, das ihr die alte Frau gab. Bilder von ihrer Familie. Die wollte sie mitnehmen.
Doch Benjamin ließ es nicht zu. Schob sie vor sich her. ‚Schnell, schnell, nu beeelt eich', hörte sie die Kaschube noch flüstern, dann waren sie auch schon draußen und Benjamin schob sie die steile Kellertreppe vor sich her. Nahm sie an der Hand und rannte, zerrte an ihrem Arm, dass sie am liebsten laut aufgeschrien hätte. Doch sie gehorchte und war still.

Benjamin war noch nicht da als es Tag wurde. Hannah ging zum Flussufer zurück. Sie sah ihn. Er trieb mit dem Gesicht nach unten im Wasser. Sein Fuß hatte sich an einer Baumwurzel verhakt. Wieder sprang sie ins Wasser und versuchte ihn herauszuziehen. Mit aller Kraft. Sie war stark. Sie schaffte es. Doch Benjamin hatte es nicht geschafft. Sie hielt ihn in den Armen. Sang ihm die Lieder vor, die er ihr beigebracht hatte.
Hannah wusste nicht wie lange sie dort gesessen hatte, als der Mann auftauchte, der zum Angeln kam, und sie mit nach Hause nahm. Sie bei sich aufnahm, großzog wie sein eigenes Kind.
Wenn die Leute fragten, wer sie sei, antwortete er immer, die Tochter seiner Schwester. Die lebe in Berlin.
Das reichte als Erklärung, niemand fragte nach. Hannah hieß jetzt Hanne. Sie brauchte Jahre, bis

sie merkte, dass der Mann gar nicht ihr Onkel war. Ihre Mutter hatte keinen Bruder.

Hanne fröstelte. Warum verließen sie die Männer ihres Lebens? Der Vater, der Bruder, der Mann und nun der Sohn. Ihr Benjamin, wie sie Paul im Stillen oft genannt hatte.
Sie musste ihm Kaddisch sagen.
Zum ersten Mal hatte Hanne gesehen, dass Martha weinte. Nie, nicht in ihrer Kindheit, nicht in ihrer Jugend, hatte Martha vor Schmerz geweint. Vor Wut ja, aber nicht aus Schmerz. Auch nicht als der Vater ging. Hanne spürte nicht, wie die Tränen ihre Wangen hinunterliefen.

Nicht weinen. Ich kann dich nicht weinen sehen. Denk an etwas Schönes. Wie du mich getröstet hast, wenn ich traurig war.
In den Paternoster bist du mit mir gestiegen. Und wir sind immer rundherum gefahren, haben jedes Mal laut aufgejuchzt wenn wir oben rumgefahren sind. Geschrien vor Angstlust und Tränen gelacht, das sind die Tränen die gut tun. ‚Deswegen können wir Menschen weinen, aus keinem anderen Grund', hast du mir erzählt. Und ich habe dir geglaubt…

Ein Taschentuch. Herrje, sie konnte doch nicht immer noch hier an der Tür stehen und vor sich hin weinen. Dazu waren die Tränen doch nicht da. Als kleines Kind hatte sie so weinen müssen, als sich ihr Großvater von ihr verabschiedete, da schenkte er ihr das Taschentuch. Erklärte ihr, dass Tränen ausschließlich zur Freude gemacht worden seien.

Sie konnte sich bis heute nicht erklären, weshalb sie sich an ihn erinnern konnte, an ihre Eltern hingegen nicht.

Ihr Großvater war während der Überfahrt nach Amerika gestorben. Das Taschentuch besaß sie noch. Ihre Großmutter erzählte es ihr, mehr als zwanzig Jahre später in New York. Sie gab ihr seinen Kittl und den Tallith.

‚Für deinen Kleinen', hatte die Großmutter gesagt. Da wusste Hanne noch gar nicht, dass es ein Junge würde. Aber sie wollte der Großmutter nicht widersprechen. Sie war doch ihre Familie. Ihre ganze Familie.

Als Hanne ihren Mann kennenlernte, akzeptierte er sofort ihren Wunsch, nach Amerika zu gehen. Er war selbst Amerikaner. Versicherte ihr, dass es für ihn keinen Unterschied mache, wo sie lebten. Hauptsache, sie seien zusammen. Er könne überall mit ihr glücklich sein. Und wenn sie in Amerika froher sei, na, dann würden sie eben dahin gehen.

Jahrelang hatte sie davon geträumt. Sehnte sich danach, ihre Verwandten zu finden und sie kennen zu lernen. Verzehrte sich nach ihren Eltern, an die sie keine Erinnerung hatte.

Jung waren sie beide. Hanne hatte einen Hinweis bekommen, dass ihre Großeltern nun in New York lebten. Ihr Mann half ihr, sie zu finden. Er liebte sie sehr. Sie vertraute ihm. Ging mit ihm in ein fremdes Land, neugierig und naiv. Dass sie dort nicht glücklich wurde, damit hatten sie beide nicht gerechnet.
Sie bewahrte die Sachen des Großvaters in dem großen Überseekoffer auf, den sie damals bei der Überfahrt benutzten. Und die Zeichnungen. Ihre und die von Paul. Paul hatte ihr den Koffer als Truhe umgebaut und ein schönes Möbelstück daraus gemacht. Vorsichtig strich Hanne jetzt mit der Hand darüber.
Die Schätze ihres Lebens.
Sie hatte Martha wegschicken müssen. Musste allein sein.

Der Großvater war über Bord gefallen. Es gab keine Zeugen dafür, doch war es die einzige Erklärung. Bei starkem Seegang war er noch einmal an Deck gegangen, einen Tag vor der Ankunft in New York. Wollte nur einmal frische Luft schnappen, kurz vor Betreten des freien Landes, das er nie hatte sehen, dessen Luft er nie hatte atmen sollen.
Auf Hannes Vater, seinen Sohn, hatte er eingeredet, doch mitzukommen. Der wollte aber nicht fort. Hielt das Ganze nur für einen kurzen Spuk. Das war zumindest die offizielle Erklärung, dass ihre Eltern nicht mitgingen, damals.

Dass das Geld nicht für alle reichte, erfuhr Hanne erst nach ihrer Rückkehr aus Amerika.
Sie traf die alte Frau Kaschube, die jetzt noch älter geworden war. Der Vater hatte sich ihr anvertraut, kurz bevor er und die Mutter abgeholt wurden. Er hatte es seinem Vater nicht sagen können, denn dann wäre der mit der Großmutter auch nicht gegangen. Der Vater wusste sehr wohl um die Gefahr, die ihnen drohte. Doch das sagte er dem Großvater nicht.

Hanne öffnete behutsam den Koffer. Sie kam sich albern vor, jetzt nach diesem Taschentuch zu suchen. Es gab doch wichtigere Dinge, als dieses blöde Taschentuch. Was bezweckte sie damit?
Paul kam in Amerika zur Welt. Ihr Mann war bei ihr, holte den kleinen Jungen. Es war keine leichte Geburt, ging nicht so schnell wie bei Martha, die es kaum erwarten konnte auf die Welt zu kommen. Auch wollte Paul nicht gleich atmen. ‚Warum schreit das Kind nicht', schrie sie ihren Mann an, ‚ich kann ihn nicht hören'. Panisch vor Angst war sie. Doch dann, eine Ewigkeit später, hörte sie ein leises Greinen.

Drei Jahre blieben sie in Amerika. Drei traurige Jahre, in denen nur Paul Hannes Lebensgeister am Leben hielt. Ihr Mann spürte ihr Unglücklichsein, bekam Angst, dass sie depressiv werden könne. Gab seine Karriere für sie auf und ging mit ihr und den Kindern zurück nach Deutschland.

Hier waren ihre Wurzeln, auch wenn sie keine Familie hatte. Als Martha - und später dann auch Paul - aus dem Haus gingen, da begriff sie erst, dass sie ihre Familie zum zweiten Mal verlor. Den Verlust ihres Mannes hatte Hanne verwinden können.

Es brauchte Jahre, bis Hanne Vorteile darin erkennen konnte, ihre Kinder nicht mehr jeden Tag um sich zu haben. Natürlich, sie liebte sie, doch vor lauter Liebe wuchs auch die ständige Angst um sie. Sie war freier, wenn sie nicht da waren. Und jetzt, wo sie die Angst fast vergessen hatte, sie verlieren zu können, da wurde ihr Paul genommen.

Martha war so gefasst gewesen. So fern. Hatte sie dem Kind zu viel abverlangt? Sie, die Ältere, die Hannes eigene Ängste hatte kompensieren müssen. Der sie ein Teil der Verantwortung übertragen hatte.

Nie konnte Martha allein zum Schwimmen gehen.

Hanne hatte Martha nie als ihr Kind empfunden, die Mutterrolle bei ihr kaum gelebt. Martha war viel mehr die Freundin, die sie ihr Leben lang nicht gehabt hatte.

Als die Kinder noch klein waren, spielte sie stundenlang mit ihnen. Meist waren es die Kinder, die zuerst die Lust daran verloren. Hanne dachte manchmal, dass ihr die Spiele viel mehr

Spaß machten, als den Kindern. Sie liebte es Verstecken und Fangen zu spielen. War fast süchtig nach diesem Gefühl der Angstlust.
Wie oft war sie allein in den Paternoster gestiegen und hatte dabei die Zeit vergessen. Für ihr langes Fortbleiben erfand sie immer neue Ausreden.
Stundenlang fuhr sie damit am Vormittag, wenn die Kinder in der Schule waren und ihr Mann in der Praxis zu tun hatte. Vielleicht sollte sie auch jetzt mal wieder Paternoster fahren? Das hatte ihr doch immer gut getan. Und dann könnte sie sich vorstellen, dass Paul neben ihr stand, sie seine kleine Hand halten und mit ihm um die Wette lachen und Tränen weinen würde.

Ihr Mann hatte sie in der Hinsicht nicht verstanden. Immer versucht, ihre Ängste und Nöte zu begreifen. Dabei hatte er übersehen, dass sie ihn nicht aus Liebe geheiratet hatte, wie sie ihm glaubhaft vorgemacht hatte. Sie hatten eine gute Ehe geführt, das stand außer Frage. Und Hanne glaubte zu wissen, dass er in der Zeit auch glücklich war. Auch sie war zufrieden gewesen. Doch die große Liebe war er nicht.
Aber er war Amerikaner. Kein ‚guter' und kein ‚schlechter' Deutscher. Darauf kam es Hanne an. Alles andere zählte nicht. Und wenn sie sich nicht verliebte, konnte sie auch nichts verlieren. So dachte und fühlte sie damals. Und sie wollte zu ihrer Familie. Unbedingt und um jeden Preis.

Der Preis war nicht hoch. Ihr Mann war ein guter Mann, der sie liebte. Aufrichtig und ehrlich, das waren seine wichtigsten Adjektive, das versicherte er ihr in ihrer ersten Nacht. Aber da war es schon zu spät gewesen. Für sie gab es kein Zurück mehr. Die Lüge hatte begonnen, in dem Moment, als sie ihm ins Ohr flüsterte ‚Ich liebe dich'. Er war ihre Hoffnung und ihre Rettung, nicht ihre Liebe.

Anfang zwanzig war sie. Der Angler hatte sie aufgezogen wie sein eigenes Kind. Als der Krieg vorbei war, sorgte er dafür, dass sie bei ihm bleiben konnte. Dafür war sie ihm heute noch dankbar. Er beschützte sie. Sie hatte Glück. Sogar einen Beruf ließ er sie lernen. Sicher, auf dem Hof half sie auch, ausmisten, Kühe melken. Das machte ihr sogar Freude.

Sie verstand als Kind nicht, dass er sie beim Schlachten nicht dabei sein ließ. Viele Jahre später erkannte sie, dass er ihren Glauben respektiert hatte, ohne dass sie je darüber gesprochen hatten. Den Glauben, den sie zu der Zeit noch gar nicht kannte und daher auch nicht haben konnte. Den sie erst zwanzig Jahre später von der Großmutter vermittelt bekam.

Der Angler gab ihr somit nicht nur ein Zuhause, sondern auch eine Identität.

So wie ihr Mann später. Im Krankenhaus lernten sie sich kennen. Sie arbeitete als Krankenschwester.

Saß am Bett der alten Frau Kaschube.

Hanne erkannte sie nicht. Doch als die Frau sie nach ihrem Namen fragte und hörte, dass sie Hanne hieß, erzählte sie ihr eine Geschichte. Ihre Geschichte.
Sie habe einmal eine kleine Hannah gekannt, ein kleines süßes Mädchen, mit langen, geflochtenen Zöpfen. Die hatte sie ihr immer gekämmt, ganz vorsichtig, damit es nicht ziepte. Sie sei so zart und zerbrechlich gewesen, habe kaum ein Wort gesprochen, nur ‚bitte' und ‚danke'. Und hätte so schön gemalt.

Die Zeichnungen besaß sie heute noch, hatte sie eingerahmt und an die Wand gehängt. Einfache Kohlezeichnungen zwar nur, aber es war die einzige Erinnerung, die sie an Hannah und ihren Bruder hatte.
Sie habe die Kinder damals bei sich aufgenommen, die kleine Hannah und ihren Bruder Benjamin. Hannah sei ihrem Bruder nicht eine Sekunde von der Seite gewichen. Die Eltern hatten sie nur ein paar Tage bei ihr lassen wollen. Versuchten, das Land doch noch zu verlassen, wollten Schiffskarten organisieren, nach Amerika. Sie kamen nicht zurück. Immer wieder rief die Kleine nachts nach ihrer Mama. Dann wiegte Frau Kaschube sie in den Armen und sang sie wieder in den Schlaf. Schlager, denn Kinderlieder kannte Frau Kaschube nicht. Sie selbst hatte keine Kinder. Die beiden hätten ihr so leid getan.

Frau Kaschube hörte nicht mehr auf davon zu erzählen, fing an zu weinen, merkte nicht, dass auch Hanne die Tränen die Wangen hinunterliefen.
Sie erzählte immer weiter. Von der Nacht, in der sie die Kinder fortschicken musste. Aus dem Schlaf hatte sie sie reißen müssen.
Ein Nachbar war misstrauisch geworden, hatte Benjamin auf dem Feld gesehen. Frau Kaschube war damals schon nicht mehr die Jüngste. Der Junge ließ sich nicht davon abhalten, ihr zu helfen. Die Wiese musste gemäht werden, sonst hätten sie kein Futter für die Tiere gehabt.
Sie war doch immer so vorsichtig gewesen, hatte den beiden ein Zimmer im Keller gerichtet, wo sie sich verstecken konnten. Immer wieder tauchte der Nachbar überraschend und unter den seltsamsten Vorwänden bei ihr auf. Sicher, sie wimmelte ihn ab. Becircen konnte sie ihn nicht, dazu war sie zu alt und er zu jung. Schärfte den Kindern ein, da unten im Keller ganz still zu sein wenn jemand kam.

An jenem Abend hielt sie es selbst nicht mehr aus vor Angst. Die letzten Nächte hatte sie kein Auge zugemacht, weil sie spürte, dass jemand ums Haus schlich. Da war sie aufgestanden und hatte die Kinder geweckt. ‚Schnell, Benjamin, ihr misst fort. Looft so schnell ihr kennt. Looft um eier Läben.'

Seit dieser Nacht war kein Tag vergangen, an dem sie nicht an die Kinder gedacht hatte, die in den Jahren, die sie bei ihr waren, zu ihren eigenen geworden waren. Sie wusste bis heute nicht, ob die Kinder es damals geschafft hatten.
Hanne hielt ihr die ganze Zeit die Hand, strich wieder und wieder vorsichtig über die alten, knochigen Finger, auf die ihre Tränen fielen, die Frau Kaschube nicht mehr spürte. Sie konnte ihr nicht sagen, dass sie die kleine Hannah mit den langen geflochtenen Zöpfen war, konnte nicht erzählen, dass sie es geschafft hatte. So saß sie da, streichelte ihre Hand und spürte wie die alte Frau starb.
Lange saß sie damals an dem Bett, bis ihr Mann kam, der noch nicht ihr Mann war und sie aus ihren Erinnerungen zurückholte.
Er bemühte sich sehr um sie.
Sie heiratete ihn nicht aus Dankbarkeit. Sympathie war es, aus der später so etwas wie Liebe wurde. Er war ihre Familie, ersetzte ihr den Vater, an den sie keine Erinnerung mehr hatte, den Bruder, den sie zu früh verlor, den Großvater, den sie nicht wieder sah. Und von dem sie doch ihre Tradition und ihren Glauben hatte, und dessen Kittl sie nun Paul geben wollte.

Warum hast du uns Kindern nie von deiner Vergangenheit erzählt? Auch Vater hat nie ein Wort darüber verloren...

Ob Hanne mit zum Bestattungsunternehmen kommen wolle, hatte Martha sie gefragt. Doch Hanne hatte nur den Kopf geschüttelt. Wenn es Martha nichts ausmachen würde, diesen Gang allein zu gehen, fragte Hanne sie und streichelte ihr dabei über die Wangen. Sie wolle für ihren Sohn keinen pompösen Sarg, ein einfacher Holzsarg, das sei ihre einzige Bitte. Martha sah sie fragend an. Sie gab ihr keine Antwort. ‚Nur einen einfachen Holzsarg, Kind, den Rest überlasse ich dir.'
Sie war alt. Für sie wurde der Tod immer alltäglicher. Zu viele Menschen hatte sie in ihrem Leben schon kommen und gehen sehen. Doch die Jüngeren, wie sehr musste Pauls Tod sie schmerzen.
An Claire mochte sie nicht denken. Nicht jetzt. Obwohl sie die Frau an seiner Seite war. Und Paul war mit ihr glücklich.
Er hatte sich ein bisschen geziert, sie miteinander bekannt zu machen. Martha hatte sie einmal vorsichtig auf ihre Distanziertheit angesprochen. Der Altersunterschied machte Hanne nichts aus. Ja, ehrlich gesagt, hatte sie, bis Martha sie daraufhin ansprach, gar nicht darüber nachgedacht, dass Paul theoretisch Claires Vater hätte sein können. Das war es nicht. Claire hatte eine liebenswürdige Art, ging auf Jeden unbefangen zu. Vielleicht sogar manchmal etwas zu unbefangen. Doch all das war es nicht. Hannes Herz hatte keine Einwände gegen Claire, aber ihr Ver-

stand und ihre Augen sagten ihr bei jeder Begegnung, dass diese junge Frau ein Geheimnis hatte. Sie bildete sich ein, es in ihren Augen zu sehen. Dieser Blick, den kannte Hanne. Sicher, heute waren ihre Augen trüber. Das Alter. Aber damals, als sie so alt war wie Claire, da hatte sie manchmal ganz ähnlich ausgesehen, wenn sie sich selbst einmal im Spiegel betrachtete und über sich nachdachte.

Ihr Mann hatte sie bei ihrer Betrachtung einmal überrascht: ‚Für das Geheimnis in deinen Augen liebe ich dich. Und eines Tages möchte ich es gern erfahren.'

Er hatte sie nie gedrängt. Und vielleicht deshalb ihr Geheimnis nie erfahren. So wie es niemand erfahren hatte.

Oft hatte sie daran gedacht, es Paul zu erzählen. Doch es ergab sich nie die richtige Situation. Sie überlegte sogar, es in ihrem Testament niederzuschreiben. Was sie auch noch nicht getan hatte. So konkret wollte sie nicht an den Tod denken. Und nun musste sie es. Schon wieder einmal in ihrem Leben.

Martha würde sich um Claire kümmern. Aber was war mit Mona und Heli? Allen voran Heli, die kleine Heli. Wer würde es ihr sagen? Wer brachte es über die Lippen, wer konnte ihr die Kraft geben, den Schmerz auszuhalten? Mona? Die kühle Mona. Eine herzensgute Frau, eine liebevolle Mutter, doch konnte sie ihrem Kind den Trost geben, den es jetzt brauchen würde? Hatte sie damals ihre eigenen Kinder trösten können, als ihr Mann ging? Ging und nicht wiederkam.

Er ist nicht einfach gegangen. Ich habe ihn gehen lassen. Ich konnte es dir nie erzählen, nahm ich dir doch den Mann…

6.

Warum bist du nur so nervös? Dafür gibt es keinen Grund, Johanna! Du schaffst diesen Auftrag auch allein. Da bin ich sicher. Wie gut ich dieses Auf- und Abtigern kenne. Immer um den Schreibtisch herum. Ob ich es vermissen werde...?

Johannas Absätze knallten laut auf den Boden. Bei geschlossenen Augen könnte man glauben, auf dem Exerzierplatz zu sein.
Sie tigerte nervös um ihren Schreibtisch herum. Diese Kopfschmerzen. Eindeutig zu viel Alkohol. Sie war auch nichts gewohnt. Trank abends höchstens mal ein alkoholfreies Bier. Aber gestern wollte sie kein Spielverderber sein. Und dann auch noch dieser entsetzliche Grappa. Schnaps konnte man doch sowieso nur mit zugehaltener Nase trinken.

Alle hatten sie noch einmal auf den gelungenen Abend angestoßen. Ganz euphorisch waren sie. Als sie dann Zuhause ankamen, überraschte ihr Mann sie noch mit einer Flasche Champagner. Er hatte damit wohl ganz andere Absichten. Als sie gleich nach dem ersten Schluck über der Toilettenschüssel hing, da war sie schon nicht mehr ganz so euphorisch.

Alle verfluchte sie zwischen ihren Kotzanfällen! Elende Sauferei! Hätte Paul ‚nein' gesagt, hätte sie auch nicht zugegriffen. Wer hatte nur dieses Tablett mit diesem Hirnzellentöter herumgereicht?

Nur gut, dass der Alkohol inzwischen wieder draußen war, sonst könnte man sie heute vollends abschreiben. Wo Paul nur blieb? Ein Kater war doch bei ihm noch nie ein Grund zur Unpünktlichkeit gewesen.

Die Stille im Büro machte sie nervös. Paul fehlte. Wenn sie auf- und abging, schnalzte er immer mit der Zunge und belächelte ihre Messingabsätze.

‚Ich bin sparsam erzogen, die halten länger', erklärte sie ihm eines Tages. ‚Und die Sohlen?', hatte Paul verschmitzt gelächelt. Als sie mit dem Brieföffner scherzhaft auf ihn los ging, konnte er ihr glaubhaft versichern, dass er dieses Klackern einfach nur ‚sexy' fand.

Verdammt, Johanna, fang an dich vorzubereiten und zusammenzupacken, statt hier herumzutigern und über das Schusterhandwerk zu grübeln. Zieh das Ding jetzt durch. Allein. Du schaffst es. Ich komme nicht...

Paul, wo bleibst du nur? Du bist doch sonst die Pünktlichkeit in Person. Sie durften zu diesem Senatorfritzen nicht zu spät kommen. Sie würde das allein nicht schaffen. Der Auftrag war zu groß. Seit acht Monaten arbeiteten sie darauf hin. Rechneten sich immer wieder aus, dass sie es dann endgültig an die Spitze geschafft hatten. Das große Ziel wäre erreicht. Ihr Ziel.

‚Es wird verdammt viel Arbeit werden', prophezeite ihr Paul an dem Abend, als sie die Wettbewerbsunterlagen abgegeben hatten. Das machte Johanna nichts. Im Gegenteil, sie freute sich auf die langen arbeitsintensiven Abende, die durchgearbeiteten Wochenenden. Mit Paul. Ein bisschen weg von zu Hause, wo ihr ‚Göttergatte' sie jedes Mal lustvoll erwartete.
Regelrecht lüstern war er manchmal. Schön, dass er sie immer noch attraktiv fand. Sie wollte nicht ungerecht sein. Aber jeden Tag? Sie waren doch schon seit Jahren verheiratet. Sie jedenfalls hatte nicht jeden Tag Lust. Wenigstens gestern hatte sie mal einen Tag Pause. Andererseits konnte sie sich doch nicht jeden Abend betrinken, um Ruhe im Bett zu haben.
Johanna ging zum Fenster und blickte auf den Hof hinunter. Immer noch keine Spur von Pauls Wagen. Ob sie ihn mal auf dem Handy anrief? Vielleicht stand er im Stau.
Quatsch, doch nicht Paul, der sämtliche Abkürzungen und Schleichwege kannte. Egal in welcher Stadt. Als sie gemeinsam studierten, fuhr er einmal entgegengesetzt in eine Einbahnstraße, damit sie pünktlich zum Seminar kamen.

Ausgiebigst hatten sie damals in einem Hotel gefrühstückt. Nicht zum ersten Mal. Das war damals Johannas Hauptnahrungsquelle gewesen. Und für Paul ein Riesenspaß.

Als Paar traten sie auf. In den Hotels. Paul holte sie einmal in der Woche ab. Er hatte mitbekommen, dass sie am Existenzminimum herumknapste. Ohnmächtig war sie geworden vor Hunger. So fiel sie ihm regelrecht vor die Füße, auf der Treppe zur Universität. Er fing sie auf. Hörte ihren Magen knurren und bestand darauf, sie ins nächste Café zu entführen. Als sie sich dann besser kannten, wollte er sie immer wieder zum Essen einladen. Insistierte richtig. Doch das konnte sie nicht annehmen. Wollte sich nicht ‚aushalten' lassen.
Nach langem Hin und Her, unterbreitete sie ihm einen Vorschlag. Wenn, dann könnte er ihr nur auf ihre Weise helfen. Sie fanden den Kompromiss.
So war es zum Ritual geworden, einmal in der Woche in ein Luxushotel zu gehen und sich am Frühstücksbuffet zu bedienen. Natürlich waren sie immer sehr elegant gekleidet, getarnt als junge erfolgreiche Geschäftsleute. Paul trug einen dieser ‚wichtigen' Aktenkoffer. In Anzug und Krawatte. Sie im Kostümchen, das sie im Second-Hand-Laden erstanden hatte.
Es war ganz einfach. Man nannte der Dame am Empfang des Frühstückraums eine Zimmer-

nummer und aß sich durch. Nicht nur das. Mit einer Rolle Alufolie in ihrer geräumigen Handtasche ausgestattet, tätigte sie auch gleich ihren ‚Wocheneinkauf': Wurst, Käse und Obst. Unauffällig und dezent. Nur zu ihrem persönlichen Bedarf. Hatten sie das Gefühl beobachtet zu werden, lenkte Paul die Bedienung auf charmanteste Weise ab, flirtete und gab dabei sein Bestes. Das konnte er perfekt. Dass er ausgerechnet bei einer dieser Gelegenheiten Mona kennenlernte und sich in sie verliebte, war nicht vorhersehbar. Ihre Freundschaft war geblieben.
Johanna atmete tief durch. Der ‚Sausack', wie sie ihn oft nannte, wenn er eine bahnbrechende Idee hatte, ließ sie doch wohl nicht ausgerechnet heute hängen?!
Musik! Ihr Handy! Als Klingelton die Nussknackersuite von Tschaikowski. Paul hatte es ihr an dem Abend heimlich eingestellt, als er sie fragte, ob sie sich beruflich zusammen tun wollten. Darauf hatte sie gehofft, viele Jahre.
Er fragte sie, warum sie ausgerechnet Architektin geworden sei. ‚Na, zur Primaballerina hat es nicht gereicht!' Er war ganz erstaunt, dass sie einmal eine kleine ‚Ballettmaus' war, nahm sie damit ein bisschen auf den Arm.
Das war seine Art mit ihr umzugehen, damit sie etwas von sich preis gab. Etwas erzählte von sich, was ihr so schwer fiel. Selbst ihrem Ehemann gegenüber konnte sie sich nicht so offenbaren. Paul gelang es, dass sie ihm Dinge erzähl-

te, die sie sonst ausschließlich für sich behielt, hütete wie kleine Geheimnisse.
Und sie erzählte ihm von ihrer ‚Ballettkarriere'.

Wie sie als kleines Mädchen im ‚Nussknacker' hatte mittanzen dürfen. Jahrelang. Zur Weihnachtszeit wurde das Stück auf den Spielplan gesetzt. Sie verbrachte Jahr für Jahr die Wintermonate fast jeden Abend auf der Bühne. Wurde süchtig nach der Theaterluft, liebte diesen Geruch von Schminke und Vaseline. Eine kleine Gage gab es auch, das spätere Startkapital für ihr Studium.
Sie, die Jüngste unter den Ballettschülerinnen, war auserkoren worden, mit den ganz Großen zu tanzen. Als kleine, graue Maus bekam sie oft sogar einen Extra-Applaus. Dann stand sie da. Vorn, am Bühnenrand, im Scheinwerferlicht. Bekam die Anerkennung von wildfremden Menschen, die ihr zu Hause immer verwehrt wurde.
Das Balletttraining hielt sie durch. Viermal die Woche, zum Schluss täglich. Ihre Lehrerinnen rieten ihr, sich zur Tänzerin ausbilden zu lassen. Sie habe Talent. Außergewöhnliches sogar. Man sprach mit ihren Eltern, die den Plänen gleichgültig zustimmten.

Dreizehn war sie damals. Fühlte sich geehrt, geschmeichelt und ‚erkannt', träumte von der Karriere als Primballerina, die an den großen Häu-

sern dieser Welt tanzte. Von rauschendem Applaus. Es war alles abgesprochen.
Klassenfahrt. Zum Abschluss ging es zum Skifahren. Sie würde die Schule im nächsten Jahr verlassen und mit der Tanzausbildung beginnen. Sie stürzte. Ein komplizierter Bruch am Fußgelenk. Drei Operationen. Nicht gerade von Koryphäen ihres Fachs ausgeführt.
Der Traum von der Primaballerina platzte.

Das erste Mal, dass sie diese Geschichte jemandem anvertraute. In dem Moment, als sie sie Paul erzählte, trug sie den Traum erst wirklich zu Grabe. Ganz wehmutsfrei und ohne Tränen.
Das hätte sie sich nie erhofft. Paul hörte ihr aufmerksam zu. ‚Na, was dein Pech war, ist mein Glück!' sagte er und sie spürte, dass es ihm ernst war. Er machte ihr den Vorschlag der Partnerschaft. Zu gleichen Teilen, dem gleichen finanziellen Risiko.
Sie schlug ein. Obwohl sie nicht wusste, woher sie das Geld nehmen sollte. Sie hatte das Startkapital nicht.
Paul machte es ihr leicht, ihn zu betrügen. Er verteilte die Aufgaben. Sie solle sich um die Verwaltung der Konten, Ausgaben, Einnahmen, Anschaffungen, einfach um alles kümmern, was Geld betraf. Er würde die Büroräume und die ersten Aufträge für ihre Selbstständigkeit ‚organisieren'. Ein fairer Deal, der Johanna sehr zupass kam.

Paul kontrollierte keinen einzigen Beleg, und mit ein wenig Schummelei, war es bei der ersten Endabrechnung, auf die Paul kaum einen Blick warf, ein Leichtes, das erforderliche finanzielle Gleichgewicht auf dem Papier herzustellen. Dass sie ihn damals faktisch um 50.000,- DM betrog, versuchte sie sich zunächst schönzureden. Das sei der Preis für ihre Mehrarbeit an der Uni gewesen, den er indirekt jetzt zu zahlen hatte. Sie wusste, dass sie unrecht tat, wollte aber auf keinen Fall die Chance verpassen, mit ihm zusammen zu arbeiten und ihn tagtäglich um sich zu wissen. Ihren besten Freund.
Paul, der Freund, der dieses Büro, in dem sie jetzt ihr verflixtes Handy nicht fand, ‚organisiert' hatte. Die helle Fabriketage eines ehemaligen Gaswerks. Das gesamte Areal stand unter Denkmalschutz. Paul bekam das Ganze zu einem Spottpreis. Er verklickerte den Zuständigen bei der Behörde, wie aufwendig die Renovierung sein würde, vorausgesetzt, dass man alles hochwertig erneuern würde. Das taten sie dann auch. Doch es kostete längst nicht so viel, wie ursprünglich kalkuliert war und wie Paul in seiner schwungvollen Rede vor dem Bauausschuss damals behauptete.
Da, ganz unten, unter den Entwürfen, die sie schon zurechtgelegt hatte, lag es, das verflixte Handy und gab Laut. Johanna hatte schon einen flotten Spruch im Kopf für Paul, als sie sich meldete.

„Eins kann ich dir versprechen: Wenn du nicht bei drei da bist, lasse ich mich scheiden!"
„Schatz...?"
Es war ihr Mann.
„... ist alles in Ordnung bei dir? Wollte dir nur toi, toi, toi sagen, für euren Termin. Kurz hören, wie's dir geht."
Ihr Mann. Ausgerechnet jetzt. Der kam ihr gerade recht.
„Na, was glaubst du wohl!"
Vor lauter Nervosität überschlug sich ihre Stimme fast. Sie wusste, dass sie jetzt ungerecht war.
„Ich wollte vorschlagen, wenn alles gut geht, dass wir heute Mittag zusammen mit dem ‚Sausack' essen gehen?"
Ihr Mann hatte ihren deftigen Kosenamen für Paul mit der Zeit übernommen.
„Mit dem rede ich garantiert kein Wort. Und Essen ist für den die nächsten Monate gestrichen!"
„Was ist passiert, Jo?"
„Nichts. Er ist nicht da. Und ich muss jetzt auch die Leitung freimachen, falls er doch noch anruft, um mir eine abenteuerliche Ausrede zu präsentieren. Ciao, bis später."
Wie gemein sie war. Was konnte denn ihr Mann dafür, dass Paul nicht auftauchte.
Wieder ein Blick aus dem Fenster. Nichts!
Also gut, dann würde sie das hier eben allein durchziehen. Die Unterlagen waren vorbereitet,

und blöd war sie schließlich auch nicht. Im Gegenteil, diesmal stammte die Grundkonzeption ohnedies von ihr. Wäre doch gelacht.

Johanna ging in die kleine Teeküche. Einen Kaffee brauchte sie jetzt. Einen richtigen. Sonst würde sie die Präsentation nicht überstehen. Das musste jetzt noch schnell sein. Sonst machte das immer Paul. In all den Jahren ihrer Zusammenarbeit hatte sie nicht einmal Kaffee kochen dürfen. ‚Das sei Männersache', sagte Paul immer. Von wegen! Aber wo machte man denn die blöde Maschine an?! Es hatte ja auch unbedingt dieses Espressomonster mit automatischem Milchaufschäumer sein müssen, das ein Mensch nur unter Einsatz seines Lebens, oder zumindest nicht ohne ein abgeschlossenes Espressomaschinen-Studium mit Auszeichnung bedienen konnte.

Na, der Sausack konnte was erleben. Regelrecht zusammenfalten würde sie ihn, wenn er auftauchte. Lag wahrscheinlich noch mit seiner Claire im Bett und sie konnte jetzt hier zusehen wie sie klar kam.

Sie würde ihn jetzt anrufen, bevor sie sich hier herumärgerte.

Zu Hause bei ihm nahm niemand ab. Beim Handy nur die Mobilbox.

Na super! Und in fünf Minuten mussten sie los zum Senator höchstpersönlich.

Zum ersten Mal war Johanna richtig sauer auf Paul. Sicher, sie arbeitete gern mit ihm zusam-

men, sie ergänzten sich hervorragend. Die Phase des ‚Sich-Näherkommens' hatten sie schon vor langer Zeit hinter sich gelassen.
In wenigen Monaten kannten sie sich mehr als zwanzig Jahre. Ihr Mann stellte es erst gestern Abend fest. ‚Die Porzellan-Hochzeit habt ihr ja schon hinter euch', alberte er herum. ‚Und er habe mit Johanna erst dieses Jahr die ‚Zinnerne', sie seien sozusagen im verflixten siebten Jahr!'. Dabei hatte er den Arm um Johannas Taille gelegt, die Hand ganz weit herumgeschoben, so dass sie fast unterhalb ihres Busens lag.
Claire hatte laut aufgelacht. Davon habe sie ja noch nie gehört ‚Zinnerne Hochzeit'. Und ihr Mann begann einen Vortrag über Ehe-Jubiläen zu halten; von ‚Baumwolle' bis ‚Petersilie', die sie schon hatte über sich ergehen lassen und über deren Beschreibung Claire sich ebenfalls köstlich amüsierte.
Johanna wurmte das.

Als sie Paul kennenlernte, war er ‚nur' ein guter Kommilitone. Nach ihrer Ohnmacht und den folgenden Frühstücksorgien wurde diese Freundschaft immer enger. Sie besuchten zusammen die Seminare, wurden sogar Nachbarn. Ihre Wohnung sei viel zu teuer, stellte Paul immer wieder fest. Schließlich wurde etwas in seinem Haus frei und er setzte sich dafür ein, dass sie die Wohnung bekam. ‚Wohnung' war etwas übertrieben, eher ‚Wohnklo mit Kochnische'.

Sie trieben gemeinsam Sport, gingen ins Kino und begutachteten kritisch ihre jeweiligen Flirts. Als sich Paul in einem Monat hintereinander von zwei blonden Germanistikstudentinnen trennte, die Johanna kaum zu Gesicht bekommen hatte, stutzte sie. Vorsichtig hakte sie nach. Paul hielt sich bedeckt, brummelte etwas von ‚sie hätten Angst vor der ‚dritten Hälfte' und lud sie zu einem Bier ein. Aus dem einen wurden fünf. Johanna hatte zum ersten Mal in ihrem Leben einen Schwips. Und auch Paul wurde albern und richtig verschmust.
Sie landeten in seiner Wohnung. Öffneten noch eine Flasche Wein. Der Korkenzieher brach ab. Mit Kochlöffel und Hammer drückten sie den Korken nach innen. Natürlich spritzte Rotwein auf Johannas hellen Pulli. Und natürlich stürzte Paul gleich in die Küche und holte Salz, schüttete die ganze Packung auf und über sie. Es juckte. Paul zog ihr den Pulli aus. Sie hatte heute keine Erinnerung mehr daran, wer wen zuerst küsste. Wusste nur, wie sie auseinanderstoben, als es vorbei war, und dass sie wortlos in ihre Wohnung ging.

Am nächsten Morgen, als Johanna gerade dabei war, sich eine andere Zweisamkeit mit Paul vorzustellen und sich auszumalen begann, wie sie ihm den ganz ‚nüchternen' Vorschlag unterbreiten wollte, dass sie sich doch mal gemeinsam ‚austesten', fand sie einen Brief unter ihrer

Wohnungstür. Paul entschuldigte sich darin und versicherte ihr, nichts anderes als Freundschaft von ihr zu erwarten. Diese wolle er um keinen Preis aufs Spiel setzen. Sein ‚Flirt-Gen' sei mit ihm durchgegangen. Er bat sie aufrichtig um Verzeihung.

Johanna war weder gekränkt noch verletzt. Nur hilflos. Sie wusste nicht, wie sie ihm je wieder unbeschwert gegenübertreten sollte. Schob einen Zettel unter seiner Tür durch, dass alles okay und sie ihm nicht böse sei. Aber sie müsse dringend für ein paar Tage zu ihrer Familie.

Das war glatt gelogen. Sie verbarrikadierte sich die ganze Zeit über in ihrer Wohnung, hörte kein Radio, ging nur ins Bad, wenn sie ihn in der Uni wähnte und inszenierte ihre Rückkehr auf theatralische Weise. Paul sollte niemals Verdacht schöpfen, wie sehr ihr kleines Tête-à-Tête sie beschäftigte.

Natürlich wusste ich, dass es ein Fehler war. Und ich wusste, dass du gar nicht weg, sondern in deiner Wohnung warst. Nur war ich doch selbst völlig hilflos. Wollte dich auf keinen Fall verlieren. So wie ich Jahre zuvor schon einmal jemanden verloren hatte. Das konnte ich dir aber nicht erzählen. Und was hätten wir getan, wenn es mit uns nicht geklappt hätte…

Sie sprachen nie darüber. All die Jahre nicht. Machten brav weiter, wo sie vor den fünf Bieren und der Rotweinflasche aufgehört hatten.

Er kommentierte ihre Liebschaften, sie seine Affären mit den obligaten Blondinen.
Nur über Mona, seine Frau, verlor sie nicht ein Wort. Das war ernst. Obwohl auch Mona blond war. Damals zumindest. Inzwischen war sie errötet. Stand ihr gut.
Johanna ging hinüber zu Pauls Schreibtisch. Ihr Blick fiel auf die zwei Fotografien, die da standen. Eine zeigte Heli, im Badeanzug, aufgenommen diesen Sommer. Ihr Patenkind.
Mona fragte sie damals. Ganz offiziell lud sie Johanna zum Abendessen bei einem Italiener ein und unterbreitete ihr ihren Wunsch. Paul ahnte noch nichts, wusste nicht, dass er Vater wurde. Johanna freute sich mit ihr. Mona war die einzige von Pauls Frauen, die sie, Johanna, nicht als ‚dritte Hälfte' empfand. Sie mochte sie von Anfang an, verstand später nicht, warum die Ehe auseinanderging.
Bei der Taufe hielt sie die kleine Heli ganz fest im Arm und versuchte sich vorzustellen, wie es wäre, wenn dieses kleine Wesen jetzt ihr Baby wäre. Ganz vorsichtig hielt sie sie. Hatte Angst, sie könne etwas an dem Kind zerbrechen. Das Köpfchen hielt sie so, wie Mona es ihr gezeigt hatte. Paul stand stolz daneben. Flüsterte ihr ins Ohr, dass nun all seine Mädchen zusammen seien.
Er war umgeben von Frauen. Hanne, Martha, Mona, Heli und sie selbst. Selbst der Pastor war eine Pastorin. An der Orgel saß auch eine Frau.

Paul kriegte sich gar nicht mehr ein vor lauter Blödelei über diesen ‚Frauenzustand'. Selbst die kleine, ein paar Wochen alte Heli verzog das zahnlose Greisenmäulchen zu einem Lächeln, als wollte sie sagen: ‚Ich weiß schon, warum ich ein Mädchen geworden bin!'
All die Jahre über hatte sie die Frage verdrängt, ob sie selbst Kinder haben wollte. Warum dachte sie gerade jetzt daran, statt sich auf den Herrn Senator und ihre Präsentation einzustimmen?

Ach, du ‚treue Teure'. So habe ich dich immer genannt, wenn du ‚Sausack' hinter mir hergerufen hast. Zu Studienzeiten fing das schon an. Wenn ich wieder mit einer Hübschen losgezogen bin und du unsere Entwürfe allein fertig zeichnen musstest. Warum haben wir nur nie über uns gesprochen? Deinen Kinderwunsch…

Ihr Mann drängte sie nicht, sprach nie aus, dass er gern Vater wäre. Sie reiche ihm voll und ganz, sagte er ihr an einem Nachmittag, als sie im Park spazieren gingen und ein Kinderwagen nach dem anderen von verklärt lächelnden Eltern an ihnen vorbeigeschoben wurde.
Heli war inzwischen eine junge Frau geworden und ihrem Vater sehr ähnlich. Nicht nur äußerlich. Bereits jetzt erzählte sie überall, dass sie Architektur studieren wolle und später dann mit in das Büro einsteigen werde. Die Zustimmung

luchste sie Johanna und ihrem Vater gestern Abend ab. Als sie und Paul lächelnd zu ihrem Vorschlag nickten, drehte sie sich selbstbewusst und triumphierend zum Stadtentwicklungssenator um. ‚Na, dann werden wir es ja in zehn Jahren auch miteinander zu tun haben', lachte dieser die kleine Heli an. Die freute sich mächtig über diese Bemerkung. Ganz ohne rot zu werden. Ein tolles Mädchen.

Ob Heli Claires Handynummer hatte? Dann könnte sie da anrufen und fragen, wo er steckte. Zu Claire hatte sie noch keinen ‚Draht' gefunden. Gewiss, eine sympathische junge Frau. Doch Johanna war unklar, was die junge Frau von Paul erwartete. Konnte nicht erkennen, dass Claire ihn liebte. Spielte aber auf der anderen Seite auch nicht die ‚Jung-Mädchen-Rolle', die man von ihr erwartet hätte. Sie war so ernst. Und zurückhaltend. Das wollte zu Pauls Frauengeschmack so gar nicht passen.

Als er Johanna erzählte, dass er verliebt sei, stellte sie gerade mal wieder ihre eigene Ehe in Frage. Konnte nicht mehr sagen, warum sie verheiratet war, was sie mit ihrem Mann verband, außer den alltäglichen Gegebenheiten und die Gewohnheit, morgens nebeneinander aufzuwachen.

Sie wollte von Pauls Glück nichts hören. ‚Ich bin zur Zeit ein ganz schlechter Ratgeber', wollte sie ihm sagen, hörte sich dann aber doch seine Liebesgeschichte an.

Paul war sichtlich irritiert. Zum einen meinte er, jetzt mit über vierzig doch dem Thema ‚Frauen' anders begegnen zu können. Ruhiger, gelassener und vor allem klarsichtiger. Hatte gehofft, wenn er sich noch einmal verlieben würde, könne er genau das ‚Wieso' und ‚Warum' benennen. Doch er, der so gut Gefühle in Worte fassen konnte, war formulierungsschwach und verwirrt. Er konnte nicht sagen, warum Claire ihn so anzog. Väterliche Beschützerinstinkte müsse er ja nicht ausleben, das tat er schon jahrelang bei Heli. Ein kläglicher Versuch, sich selbst auf den Arm zu nehmen.

Dass er Claire liebte, stand außer Frage. Er wusste nur nicht wie und meinte, dass vielleicht dieses unbekannte Gefühl ein Zeichen dafür war, dass sie die große und einzige Liebe seines Lebens sei. Die galt es nun festzuhalten, nach all seinen Liebschaften und seiner wundervollen Ehe. Von der er immer noch nicht wusste, weshalb Mona sie beendet hatte.

Sie sah Claire das erste Mal, als sie ihn im Büro abholte. Da hatten sie gerade erfahren, dass sie unter den ersten drei Wettbewerbsteilnehmern lagen. ‚Das wollen wir feiern', rief Paul. Johanna solle doch ihren Mann anrufen, dass er mit dazu käme. Doch Johanna wollte keine Viersamkeit. Schob eine glaubhafte Ausrede vor.

Zuvor war sie neugierig auf Claire gewesen, doch als sie ihr von Angesicht zu Angesicht gegenüberstand, meinte sie ein ihr unheimliches

Flackern in Claires Augen zu sehen. Ein Flackern, das Paul ihr immer als Leuchten beschrieben hatte. Sie konnte der jungen Frau nicht in die Augen sehen.
Nun hatte sie den Salat. Hatte nicht einmal ihre Handynummer. Nein, Heli konnte sie nicht anrufen.
Wo steckte der Sausack nur?
Sie hörte ein Auto auf den Hof fahren. Der Sausack, endlich! Jetzt galt's! Vorwürfe könnte sie ihm auch noch später machen. Erst einmal Konzentration. Schnell die Entwürfe gecheckt, damit auch nichts durcheinander war und sie aus dem Konzept bringen konnte. Die Modelle standen bereit.
Den Kopf würde sie ihm aber auf jeden Fall gehörig waschen. Darauf konnte er Gift nehmen! Wenn so in Zukunft ihre Zusammenarbeit aussehen sollte, konnten sie den Laden gleich dicht machen.

Die Tür zum Atelier stand offen. Sie hörte das Klackern von Absätzen auf der Treppe. Damenschuhe! Seit wann trug Paul Pumps?! Herrje, für irgendwelche unsinnigen Pläuschchen hatte sie jetzt überhaupt keinen Kopf. Wer immer das war, der musste schnellstens abgewimmelt werden. Ärgerlich blickte Johanna zur Tür.
Martha betrat das Büro. Sie sah mitgenommen aus. War das Feiern wohl nicht mehr gewohnt.

„Wenn du zu deinem Bruderherz willst, der ist noch nicht hier. Und ich sage dir, wenn er in den nächsten Sekunden hier auftauchen sollte, werde ich ihm, bevor du auch nur ein Wort mit ihm wechseln kannst, alle Knochen einzeln brechen. Der Termin beim Sena…"
Johanna hielt inne.
Martha hatte ihre dunkle Sonnenbrille abgenommen, blickte abwesend zum Fenster hinaus.
„Ich wollte zu dir, Johanna."
Sie sah sie mit verweinten Augen an.
Martha war ungeschminkt. So hatte Johanna sie noch nie gesehen. Es musste etwas Schlimmes geschehen sein.
„Ist etwas passiert?"
„Er ist tot, Johanna."

7.

Sie wusste gleich, dass etwas nicht stimmte, als sie aus der Schule kam. Der Wagen ihrer Mutter stand vor dem Haus. Sie war also zu Hause. Das war um diese Uhrzeit seit Jahren nicht vorgekommen.
Sie stellte ihr Fahrrad ab, nahm den Rucksack vom Gepäckträger. Als sie aufblickte, stand ihre Mutter in der Tür.
„Hallo mein Schatz.", sagte Mona leise und nahm sie in den Arm. Ganz fest drückte sie sie an sich.
„Was ist denn los, Mona-Mor?"
Seit dem letzten Urlaub mit ihrem Vater nannte Heli ihre Mutter beim Vornamen und hängte das dänische Wort für ‚Mutter' dran.
Am Strand in Spanien hatten sie eine Familie aus Dänemark kennengelernt. Die Kinder nannten die Mutter ‚mor'. Das klang so liebevoll, dass Heli es übernahm. Sie sagte nicht mehr ‚Mama', sondern Mona-Mor. Vor allem immer dann, wenn sie ihrer Mutter zeigen wollte, wie sehr sie sie liebte.
Mona schossen Tränen in die Augen. Ihre ‚Große'. Wie sollte sie es dem Kind sagen?

Sie hatte eben mit Hanne gesprochen. Die klang so gefasst, sprach ihr Mut zu: ‚Du wirst sehen,

das Kind ist stark. Und reifer als wir alle glauben.' Doch was half ihr das jetzt?
„Komm rein. Ich muss dir etwas sagen."
Huch, das klang ja hochoffiziell. Hatte ihre Mutter vielleicht einen Mann kennengelernt? Heli lächelte still vor sich hin.
„Na, das klingt ja sehr geheimnisvoll. Spann mich bitte nicht lange auf die Folter. Ich habe mordsmäßig Hausaufgaben. Und Ben will noch kommen. Also, wie alt, wie groß, wie reich?" scherzte sie.
Mona hatte sich bereits umgedreht, war schon wieder im Haus.
„Komm mit in die Küche. Ich habe uns einen Tee gemacht."

Tee! – dann war es keine gute Nachricht. Also doch kein Mann. Wenn es Tee gab, besprach Mona-Mor immer Probleme mit ihr. Heli ratterte im Geist ihre letzten Zensuren runter. Nein, von der Schule her bestand keine Gefahr. Alles im grünen Bereich.
Oder hatte Bens Mutter angerufen? Sich beschwert, dass ihr Sohn so selten zu Hause war. Darüber wäre Mona sicher nicht sehr ‚amused'. Sie hatte nichts gegen Ben, mochte ihn sogar und freute sich jedes Mal, wenn er bei ihnen den Rasen mähte. Einmal meinte sie sogar zu Heli, dass, wenn sie jemals in ihrem Leben einen Jungen bekommen hätte, er sicher eine gewisse Ähnlichkeit mit Ben hätte haben müssen. Einen

größeren Sympathiebeweis für Ben konnte ihr Mona nicht signalisieren.

Heli ließ ihren Rucksack im Flur fallen, zog Schuhe und Jacke aus, schlurfte ihrer Mutter hinterher in die Küche.

Sie sah jetzt, dass sie weinte. Heli konnte sich nicht erinnern, ihre Mutter jemals weinen gesehen zu haben. Doch einmal. Ein einziges Mal. Das war schon viele Jahre her. Sechs war sie damals gewesen und ging gerade seit einem halben Jahr zur Schule.

Beim Frühstück war es. Da fing die Mutter auf einmal an zu weinen. Heli konnte sich das damals gar nicht erklären. Eben war doch noch alles gut gewesen. Die Mama war nicht hingefallen, hatte sich nirgends gestoßen. Auch nicht mit dem Messer geschnitten. Warum weinte sie denn auf einmal?

Sie erinnerte sich noch genau: wie sie von der Küchenbank aufstand, hinüberging zur Mutter, sich neben sie setzte und sie wortlos umarmte. Ganz fest presste sie ihr kleines Gesicht an ihre Brust. Die Tränen fielen auf ihren Nacken, sie konnte nicht weg, das spürte sie, und drückte sich nur noch stärker an Mona. Und die hielt Heli nun ganz fest und murmelte immer wieder: ‚Wir müssen jetzt stark sein, wir zwei. Wir sind doch ein Super-Team.' Und sie, die kleine Heli, wusste als sie ‚wir zwei' hörte, dass der Vater gehen würde. Die Mutter musste nichts mehr weiter sagen.

Am Nachmittag war ihre Großmutter gekommen. Sie hörte, wie Mona ‚Verräter' sagte. Hanne antwortete, wie leid es ihr täte. Und dass sich zwischen ihnen nichts ändern würde.
Heli wusste, was ein ‚Verräter' war. Das Wort hatte ihnen kürzlich die Lehrerin erklärt. Da hatte die dicke doofe Kathrin nämlich gepetzt.
Sie waren im Zoo. Ein Ausflug zu den Krokodilen.
Heli hatte Angst vor Krokodilen.

Jeden Abend, wenn sie im Bett lag, dachte sie, dass unter ihrem Bett ein Krokodil läge. Die Lehrerin war neu in der Stadt und kannte sich im Zoo nicht aus. Heli gab vor, den kürzesten Weg zu den Krokodilen zu kennen. Dass sie am Affenfelsen landeten, war kein Zufall. Die Reptilien hatten keine Chance mehr. Heli war der Star der Klasse! Lange hatten sie vorher beraten, wie sie um die dämlichen Krokodile herum kommen würden. Alle hatten mitgemacht und nichts gesagt. Nur die dicke Kathrin hatte ihre Breitmaulfroschklappe nicht halten können und gepetzt.
Glücklicherweise fing es auch noch an zu regnen. Ein richtiger Wolkenbruch. Land unter. Keine Zeit mehr für die Echsen. ‚Wie bedauerlich' seufzte die Lehrerin laut auf und Heli glaubte zu sehen, dass sie ihr zuzwinkerte. Sie gingen in ein Eiscafé, bekamen jeder eine Kugel Eis spendiert.

Als sie alle zufrieden im Trockenen saßen und genüsslich an ihrem Eis leckten, erzählte die doofe Kathrin-Kuh, dass sie die Lehrerin beschummelt hatten. Die zog nur eine Augenbraue hoch und sagte zu ihr, dass das nicht schön sei. Doch noch weniger schön sei es, jemanden zu verraten. Da plärrte die blöde Kathrin los. Dass sie kein Verräter sei, und dass ihre Mama gesagt habe, man müsse immer alles erzählen.
Die Lehrerin sagte nichts mehr. Aber am nächsten Tag lasen sie ein Buch im Unterricht: ‚Hilfe, da liegt ein Krokodil unter meinem Bett'. Von einem kleinen Jungen, der dieselbe Angst hatte wie Heli und der das Krokodil mit Süßigkeiten und Keksen in die Garage lockte und dort einsperrte, damit er ruhig schlafen konnte. Da wusste Heli, dass die Lehrerin sie verstanden hatte.
Doch jetzt ging der Vater. Der war also genau so ein Verräter. Wie die dicke Kathrin. Was genau der Vater verraten hatte, wusste Heli nicht. Aber sie wusste, dass sie keinen Vater wollte, der ein Verräter war.

Am Abend zog er aus. Mona und er kamen in Helis Zimmer und erzählten es ihr. Obwohl sie es doch schon wusste. Als Erklärung sagten sie, dass sie sich nicht mehr lieb hätten. Heli war klar, dass sie schwindelten. Schließlich wusste sie ja, dass er ein Verräter war. Und die kamen sogar manchmal ins Gefängnis, hatte Hanno,

mit dem sie morgens zusammen zur Schule ging, ihr erzählt. Aber ihr Papa kam nicht ins Gefängnis. Er besuchte sie immer am Wochenende. Und auch Mona sprach noch mit ihm.
Heli selbst sprach mit der dicken Kathrin kein Wort mehr.
Die Mutter sagte immer noch nichts, hatte sich von ihr abgewandt und rührte in der Teekanne herum. Ihre Schultern zuckten. Herrje, dass musste ja was Saublödes sein, wenn sie so lange nicht mit der Sprache herausrückte.
„Na, komm schon, Mona-Mor, ich bin doch schon groß. Wir sind doch ein Super-Team. Du kannst es mir ruhig sagen."
Immer noch hoffte Heli, dass sich ihre Mutter verliebt hatte und nun nicht wusste, wie sie es ihrer Tochter beibringen sollte. Zeit wurde es aber auch, dass die Mutter einen Freund hatte. Sie vermutete es schon länger. Mona war in letzter Zeit öfter abends weggegangen; ‚mit einer Freundin ins Kino', sagte sie. Mona sollte es doch jetzt einfach hinter sich bringen. Sie war doch kein Kleinkind mehr.
Außerdem wollte in einer Stunde Ben kommen und mit ihr trainieren. Naja, zumindest die Zeit nehmen. Sie musste ein bisschen Gas geben, damit ihr Vater nicht wieder am Wochenende beim Wettschwimmen gewann. Vorher wollte sie noch ihr Deutschreferat fertig tippen. Also los, Mona-Mor, komm in die Hufe. Mach kein Drama draus.

Mona drehte sich zu ihr um.
„Paul ist tot."
Wie, welcher Paul, wollte Heli fragen. Sie öffnete die Lippen und im gleichen Augenblick verstand sie. Paul. Ihr Vater. Der Verräter.
Der Verräter, der sie schon einmal verlassen hatte. Und der war jetzt tot? Wie, warum, wieso? Heli wusste nicht, was sie empfand. Sah nur, dass ihre Mutter auf sie zukam, fühlte wie sie sie in den Arm nahm, ganz fest und spürte wieder – wie schon einmal Jahre zuvor – ihre Tränen auf ihrer Haut.

Warum weinst du denn, Mona? Du hast doch schon vor Jahren aufgehört mich zu lieben. Hast mir nicht vertraut, damals, als ich dir sagte, dass an diesem Brief nichts dran sei. Aber da war das Vertrauen schon weg, die Liebe so wenig geworden, dass sie nicht mehr ausreichte, mir mehr zu glauben, als einem anonymen Brief. Ich hatte nicht die Chance, dich vom Gegenteil zu überzeugen. Jahrelang habe ich um deine Freundschaft geradezu gebuhlt. Du hast mich abgewiesen. Dann musst du jetzt auch nicht traurig sein. Kümmer dich um Heli, sie entgleitet dir...

Mona wischte die Tränen mit dem Handrücken weg. Hielt ihre Tochter auf Armeslänge von sich entfernt, die sie verständnislos ansah.
„Herzinfarkt. Es ging ganz schnell. Claire war bei ihm."

Claire, die hübsche Claire. Die sie so mochte und die so wunderschöne Augen hatte. Ihr Schminke schenkte und mit ihr herumalberte wie mit einer Schwester, die Heli nie gehabt hatte und wahrscheinlich nie haben würde.
Heli versuchte erwachsen zu reagieren, oder zumindest so, wie sie sich vorstellte, dass Erwachsene reagieren würden.
„Wie geht es ihr?"
Mona sah sie erstaunt an.
„Ich weiß es nicht. Ich habe noch nicht mit ihr gesprochen. Martha war vorhin bei mir im Hotel. Ließ mich aus einem Meeting holen."
„Aber du musst mit ihr sprechen, Mona-Mor. Sie herbitten. Wo ist sie denn jetzt?"
„Ich weiß nicht."
Heli hatte ihre Mutter noch nie so hilflos gesehen. Als wenn sie die Rollen getauscht hätten. Sie war jetzt die Ältere, eine Tochter, die der Mutter sagte, was zu tun war.

Mein tapferes Kind. Ja, hilf ihr. Ich ahnte ja nicht, dass sie mich doch noch lieben könnte. Halte sie fest, kleine Heli, ganz fest, so wie du es schon als kleines Kind getan hast…

Heli schob ihre Mutter zur Küchenbank. Drückte sie sanft darauf nieder.

„Trink den Tee, Mona-Mor. Das wird dir gut tun." Was sollte sie mit ihrer Mutter nur machen? Sollte sie Claire anrufen, damit sie vorbeikam? Oder besser Hanne? Die wusste immer Rat. Aber sie konnte doch jetzt nicht einfach aufstehen, zum Telefon gehen, telefonieren und Mona-Mor hier sitzen lassen.

Als Hanne letztes Jahr mit einer Lungenentzündung ins Krankenhaus kam, da hatte Heli sich oft ausgemalt, wie Mona wohl reagieren würde, wenn sie sterben sollte. Für Heli selbst war das nicht so ein Problem. Hanne war schließlich alt. Natürlich liebte sie ihre Großmutter und hatte Angst um sie. Noch mehr sorgte sie sich damals aber um ihre Mutter, die keine Nacht schlief, tagsüber abwesend wirkte und nur einmal sagte, dass sie nicht ihre einzige Freundin verlieren wolle. Nein, noch nicht.

Heli sprach mit Martha. Die verstand sie und meinte, dass sie dann sofort kommen werde. Und wo war sie jetzt?

Ließ sie hier mit ihrer Mutter allein. Was murmelte Mona da vor sich hin?

„Ich liebe ihn."

Heli verstand nicht.

„Wen?"

„Deinen Vater, mein Kind. Immer noch."

Tatsächlich, sie hatten die Rollen getauscht.

„Natürlich, Mona-Mor."

Heli sagte das zur Beruhigung, zu Monas und zu ihrer eigenen. Sie verstand nicht, gar nichts. Sie musste Dr. Nord anrufen. Der musste kommen und der Mutter etwas geben. Damit sie wieder normal wurde. Ja, das musste sie jetzt machen.

Er kam sofort. Als Heli ihn zur Tür herein ließ, deutete sie in Richtung Küche, wo die Mutter noch immer wie erstarrt auf der Bank saß. Sie ging nicht mit, ging in den Garten.
Es war heiß, unglaublich heiß. Sie setzte sich an den Rand des Swimmingpools und ließ die Beine hineinbaumeln.
Paul. Ihr Vater. Tot.
Da stimmte doch was nicht. Man stirbt doch nicht aus heiterem Himmel. Paul war topfit. Hatte sie oft mit seiner Sportlichkeit genervt. Immer wieder fühlte sie sich herausgefordert, es ihm ‚zu zeigen'. Sie, die kleine Heli, die sich doch schon so erwachsen fühlte.
Als Paul damals ging, sah sie ihn nicht an, nahm ihn nicht in den Arm, gab ihm keinen Kuss. Sie hielt die Hand der Mutter und sah zu ihr auf. Am Küchenfenster standen sie. Mona sah Pauls Wagen nach. Sie weinte nicht. Atmete nur einmal ganz tief durch. Dann rief sie Hanne an.
Heli ging damals zurück in ihr Zimmer. Sie nahm sich das Krokodilbuch vor, das Paul ihr erst ein paar Tage zuvor geschenkt hatte. Da wo ‚Papa' stand oder der ‚Papa' zu sehen war, malte sie mit einem dicken schwarzen Edding drüber.
Sie schnitt alles fein säuberlich aus und klebte es dann wieder auf ein Blatt Papier. So wie sie es

sonst auch tat, oft stundenlang. In ihrem Zimmer Blatt für Blatt füllte. Alte Zeitschriften und Zeitungen der Eltern zerschnipselte und neu zusammenklebte.

Immer wenn sie ein Wort entdeckte, das sie lesen konnte oder kannte, machte sie sich gleich nach der Schule an die Arbeit. Sie mischte einfache Wörter mit schwierigeren, längeren, neu zusammen.

Wörter, in denen es besondere Buchstabenkonstellationen gab, liebte Heli besonders. Aber auch Wörter, die sie nicht kannte. Wie ‚hinfort' zum Beispiel. Ja, was denn nun, ‚hin' oder ‚fort', das passte doch nicht zusammen!

Manchmal fragte sie ihre Mutter, die erklärte es ihr dann oder zeigte ihr Bilder zu dem Wort, so wie die ‚Kakerlake'. Aber ihre Klebearbeiten waren Helis Geheimnis. Als sie das Wort ‚Verrat' entdeckte, war Heli fasziniert davon. Da kam ein Buchstabe gleich zweimal vor, und dann auch noch hintereinander. Tagelang suchte sie das Wort, probierte es aus und klebte zusammen.

Die ersten Jahre hatte sie immer ein ganz ungutes Gefühl, wenn sie etwas mit Paul unternahm. Obwohl sie sich gleichzeitig auf die Wochenenden mit ihm freute.

Erst seit dem letzten Urlaub wusste sie, wie wichtig er in ihrem Leben war. Und dass sie beide lieben konnte. Mona und Paul.

Ben erzählte sie davon. Wie grantig sie oft zu Paul gewesen war. Ben hatte nur mit den Schultern gezuckt und gemeint, dass das doch völlig normal sei, dass sie ihn nach seinem Fortgang zuerst abgelehnt habe. Sie solle froh sein, dass sie jetzt zur Einsicht gekommen sei: ‚Besser spät als nie', lachte er sie an und versuchte, damit ihr schlechtes Gewissen zu vertreiben. Mit Ben konnte man prima reden.
Ob sie ihn anrufen sollte, um ihm abzusagen? Helis Beine hingen schwer wie Blei im Wasser.

Einmal hatte sie versucht, sich bei Mona über Paul zu beschweren. Sie wünschte sich ein Kickboard, aber Paul schlug ihr den Wunsch ab. Richtig empört kam Heli an jenem Sonntagabend nach Hause. ‚Der hat doch Geld ohne Ende. Da kann der Blödmann mir doch ruhig mal ein Kickboard schenken. Oller Geizhals.', rief sie wütend durchs ganze Haus.
Mona wurde sauer. ‚Der Blödmann ist dein Vater, und der großzügigste Mensch, den ich kenne!' hatte sie sie angeschrien. Heli verstummte vor Überraschung. Mit Monas heftiger Reaktion hatte sie nicht gerechnet.
Am Abend entschuldigte sich Mona für ihre Schreierei. Aber Heli müsse eben auch einmal ein ‚nein' akzeptieren. Sie versuchte zu erklären: Normalerweise hätten sie aus diesem Haus ausziehen müssen, wäre Paul nicht so großzügig.

Dann ‚adieu', du schöner Pool. Das koste alles viel mehr, als Mona je als Hotelmanagerin verdiene. Das verstand Heli. Im Stillen dankte sie Paul, dass er ihr nicht das Schwimmbad genommen hatte. Das verweigerte Kickboard verzieh sie ihm damals trotzdem nur schweren Herzens.

Natürlich hätte ich dir das dämliche Kickboard kaufen können. Aber du hattest dir gerade eine Woche zuvor beim Sport die Schulter ausgerenkt. Ich hatte Angst, dass du dich wieder verletzen könntest. Mein ‚nein' damals tat mir in dem Augenblick schon leid, als ich es sagte…

Die Ferien mit Paul waren super. Zuerst hatte sie ihn fragen wollen, ob sie denn unbedingt mit ihm wegfahren müsse. Spanien. Ausgerechnet. Da verstand sie doch kein Wort! Nach Madrid wollte er mit ihr und danach noch ein bisschen Strandurlaub machen. Na ja, aus dem Burgbau-Alter war sie ja eigentlich raus.
Viel lieber wäre sie mit ein paar Freunden zum Zelten gefahren. Vielleicht nach Dänemark oder sonst irgendwohin nach Skandinavien. Doch das klappte nicht, weil ein paar Leute absprangen. Diverse Eltern lehnten den Plan der Jugendlichen rigoros ab. Bevor sie am Ende hier allein rumhockte, fuhr sie lieber mit Paul. Das kleinere

Übel. Ben war auch nicht da. Und Mona musste arbeiten.

Zum ersten Mal behandelte Paul sie nicht wie seine ‚kleine Tochter'. Alles sprach er mit ihr ab und plante sogar zusammen mit ihr die Sightseeing-Tour durch Madrid.

Ihren Wunsch, Architektin zu werden, nahm er ernst. Am Abend saßen sie oft in einer kleinen Tapas-Bar und sprachen über ‚Wohnformen', über Lebensgefühl. Und über Beziehungen. Wie sich die Gesellschaft veränderte. Ganz genau hörte er ihr zu, war interessiert an ihrer Meinung.

Ihr erster gemeinsamer Urlaub. Bisher waren sie immer nur an Wochenenden zusammen. Manchmal auch in der Woche, wenn Mona arbeitete und Paul Zeit hatte. In Spanien lernte sie Paul erst wirklich kennen. Wunderte sich, wie lieb er über Mona sprach. Beinahe meinte sie herauszuhören, dass es ihm leid tat, dass sie nicht mehr zusammen waren. Aber das bildete sie sich wohl nur ein.

Er erzählte ihr auch von Claire. Dass er sich in sie verliebt habe. Und dass sie jetzt bloß nicht über ihn lachen solle. Auch ein alter Knacker wie er könne sich noch verlieben. Sie lachte nicht. Erzählte ihm von Ben. Dass sie sehr wohl wisse, worüber er sprach. Er wünschte ihr alles Glück der Welt für diese Liebe. Ein bisschen melancholisch war er geworden, als er – mehr

zu sich selbst sprechend – erzählte, dass er dieses Glück oft erfahren durfte, aber nicht sorgsam damit umgegangen sei. Minutenlang schwiegen sie. Dann fuhr er mit leiser Stimme fort, ihr seine Gedanken preiszugeben: Manchmal glaube er, dass er noch immer einem Traum nachhänge. Und dass es vielleicht dieses Gefühl war, das ihn jetzt verliebt sein ließ.
Heli stand auf und nahm ihren Vater in den Arm. Es war das einzige Mal, dass sie sich umarmten.
Wo er wohl jetzt war?

Ich bin hier, kleine Heli. Bei dir. Erzähle mir, was du mir erzählen möchtest…

Sie spürte eine Hand auf ihrer Schulter. ‚Ich bin's, Heli.'
Es war Ben, der sie ansah, schüchtern und sanft. Er musste mit Mona gesprochen haben oder mit Dr. Nord. Er wusste offenbar Bescheid. Ihre Beine waren schon ganz kalt. Ihr war so kalt. Heli fing an zu weinen, zog Bens Kopf zu sich. Ihre Tränen fielen auf sein Haar, so wie die Tränen ihrer Mutter auf das ihre gefallen waren.

8.

Dr. Nord hatte sie ins Bett gebracht. Was hatte er ihr nur gegeben? Sie war so müde. ‚Machen Sie sich um Heli keine Sorgen. Der junge Mann kümmert sich um sie.'

Um Heli machte sie sich auch keine Sorgen. Um Paul sorgte sie sich. Was war passiert? Warum war sie zusammengebrochen, als Martha kam und es ihr sagte. Seit Jahren waren sie geschieden, hatten ein distanziertes, wenn auch freundschaftliches Verhältnis.

Die Scheidung damals war einfach gewesen. Genauso leicht wie ihr Kennenlernen. Paul war nicht kompliziert.

Leicht war es gewesen mit ihm zu reden, zu leben und zu schlafen. Einmal hatte sie Bedenken geäußert: Johanna. Da hatte er gelacht. Johanna sei Johanna und sie, Mona seine Frau. Wo lag das Problem?

Für Paul gab es keine Probleme. Sicher hatte er auch kein Problem damit, dass er nun tot war.

Stimmt. Sicher, die Schmerzen waren grässlich. Aber ich spürte, dass es schnell gehen würde. Sah schon das Licht und ganz entfernt ahne ich ihn…

Mona setzte sich im Bett auf. Natürlich, genau so würde es Paul sehen.

Eines Morgens, sie war spät dran, hatte gerade in dem neuen Hotel als Marketingmanagerin angefangen – eine Riesenchance – war der Reifen ihres Wagens platt.
Nervös stürzte sie ins Haus zurück: ‚Ich habe ein Riesenproblem, der Wagen ist kaputt.' Paul ging mit ihr auf die Straße, sah sich den Platten an und lächelte. ‚Nein, Mona, du hast kein Problem.' ‚Natürlich, oder was meinst du, was das hier ist. Ich habe Termine, ich stehe unter Zeitdruck und wenn ich zu spät komme, dann kriege ich richtig Stress.' ‚Verstehst du nicht, Mona, du hast kein Problem, du machst dir eins. Du interpretierst, dass ein platter Reifen ein Problem ist. Aber es ist nur deine Interpretation, die ihn dazu macht. Ruf dir ein Taxi, und gib dem Fahrer ein Extra-Trinkgeld, damit er zügig fährt.'
Sie sah ihn an und musste lachen. So einfach war es mit Paul. Er würde auch jetzt sagen: Du hast kein Problem. Ich bin nur tot.

Wie gut du mich doch kennst. Ich habe das nie zu schätzen gewusst. Bin zu leichtfertig mit deiner Liebe umgegangen. Vielleicht habe ich dich spüren lassen, dass du ‚nur' die Zweite warst, die ich liebte…

Sie musste noch einmal richtig mit Heli sprechen. Und Hanne sollte sie anrufen. Wenn sie doch nur diese Tabletten nicht genommen hätte.

Sie war schläfrig. Eine schon lange nicht gespürte Müdigkeit kroch langsam ihre Glieder hoch. Nur für einen Augenblick die Augen schließen.

Ich hatte ganz vergessen, wie schön du bist. Wie sehr ich dieses Gesicht liebe. Dein Lächeln. Mit dem du mich damals in dem Frühstücksraum im Hotel sofort fasziniert hast. So sanft und schüchtern...

Ganz entspannt lag sie da. Medizin. Was die alles konnte. So wie damals fühlte sich das an. Als sie diese furchtbaren Schmerzen hatte, ununterbrochen Wehen, die nichts bewirkten. Heli den Weg nicht freigaben. ‚Du musst loslassen, Schatz', sagte Paul damals immer wieder und lächelte sie an. ‚Lass los'. Doch sie konnte nicht. Sie durfte dieses Kind nicht zur Welt bringen. Die letzten Monate war sie so tapfer gewesen und taff. Hatte sie sich zumindest eingebildet.
Nun lag sie da. Die Ärzte und auch die Hebamme rieten ihr zu der Narkose. Paul hielt sie fest. Ihr Paul. Paul, der immer für sie da war. Und doch gar nicht hätte da sein müssen.
Ausgerechnet er, mit seiner Spritzenphobie. Sie wollte sich wehren, um sich schlagen, aber ihre Arme waren von den anderen Schmerzmitteln schon so schlapp. ‚Schnell, halten Sie sie', flüsterte der Arzt Paul zu. Das hörte sie noch. Dann war sie in einem Dämmerzustand. ‚So, jetzt

kommst du erst mal wieder zu Kräften', sagte Paul.
Aber sie wollte nicht ‚zu Kräften' kommen, sie wollte hier nicht liegen. Und sie wollte kein Kind. Sie wollte aufstehen, mit Paul nach Hause gehen und diese ganze verflixte Schwangerschaft vergessen. So, als sei das alles nicht passiert. Als hätte dieser Tag nie stattgefunden, an dem dieses Kind gezeugt worden war.
Paul freute sich sehr, als er merkte, dass sie ein Kind erwartete. Sie hatte es ihm nicht sagen können. Wie auch? Der herkömmliche Satz, den Frauen freudestrahlend verkündeten, mit blitzenden Augen und stolz emporgerecktem Kinn, wollte ihr nicht über die Lippen: ‚Schatz, wir sind schwanger...'.

Wie oft stellte sie sich die Situation vor, übte vor dem Spiegel, steckte sich das Haar hoch, zog die Lippen dezent nach. Hübsch, leicht und ganz unbefangen wollte sie wirken. Freudig und erwartungsfroh. Doch wie sollte sie sich freuen über das Leben, das da mit Gewalt in ihr wuchs.

Einmal klopfte Paul beunruhigt an die Badezimmertür. Sie hatte jedes Zeitgefühl verloren. Starrte in den Spiegel, formte mit den Lippen immer wieder den Satz ‚Ich erwarte ein Kind', doch kein Laut war zu hören.
Sie würde lügen müssen. Das konnte sie nicht. Ihr würden die Worte ‚Wir erwarten ein Kind',

nicht über die Lippen kommen, schon die Stimmbänder würden nicht mitspielen. Beim ‚wir' würde Paul schon wissen, das etwas nicht stimmte.
‚Alles in Ordnung, ich komme gleich', rief sie ihm durch die Tür zu. Ganz unbekümmert klang ihre Stimme. Das bildete sie sich zumindest ein.
Doch Paul gab sich damit nicht zufrieden. Sie spürte, wie genau er sie beobachtete. Sie wusste, dass der Moment kommen würde, wo sie es ihm sagen musste. Sie hatte Angst. War wie gelähmt. Ihr Körper fing bereits an, sich zu verändern. Ihre Brüste wuchsen, ihre Haut am Bauch spannte, ihr Gesicht wirkte voller.

Es waren deine Augen, die mich damals wachsam werden ließen. Ein anderes Strahlen und zugleich eine Traurigkeit, die ich damals nicht verstehen konnte…

Die Angst, die sie hatte, Tag und Nacht, konnte Paul nicht sehen.
Er half ihr, machte es ihr leicht.
Als sie eines Abends aus dem Hotel nach Hause kam, war er schon da. Im Kamin brannte ein Feuer, der Tisch war mit italienischen Vorspeisen gedeckt. Sogar Kerzen hatte er angezündet. Wäre da nicht dieses Kind gewesen, hätte es einer der schönsten Momente ihres Lebens sein

können. Doch das Kind war da, wuchs in ihr, begann bereits sie zu treten. Ihr war übel.

‚Hallo, meine Schöne', sagte er, nahm sie in den Arm. Sie wand sich gleich wieder heraus, entschuldigte sich, dass sie erst einmal ins Bad müsse. ‚Händewaschen', rief sie ihm im Weggehen über die Schulter zu. Dabei konnte sie ihre Schuld nicht abwaschen. Soviel Wasser gab es auf der ganzen Welt nicht.

Als sie aus dem Badezimmer zurückkam, hatte Paul eine Flasche Champagner geöffnet, hielt ihr ein Glas entgegen.

‚Ich denke, wir drei haben etwas zu feiern.' Da nahm sie das Glas und trank mit ihm den Champagner, auf ein Kind, das sie nie hatte haben wollen.

Paul freute sich, war fürsorglich, ohne sie dabei in Watte zu packen. Viele ihrer Kolleginnen beneideten sie. Sagten ihr, dass sie sich ruhig die letzte Zeit ein bisschen verwöhnen lassen solle. Diese Zeit, wo man sich betüteln lassen könne, käme so schnell nicht wieder.

Sie war bereits im fünften Monat. ‚Warum hast du mir denn nichts gesagt?', fragte Paul sie. Sie schüttelte nur stumm den Kopf, legte ihm den Zeigefinger auf seine Lippen. Er nahm ihre Hand und küsste sie auf die Innenseite, hörte auf zu fragen.

‚Ich bin bei dir.'

Sie wollte ihn nicht enttäuschen, ihn nicht verletzen. Sie liebte ihn. Sie wusste, dass er ihre

Liebe war, wie auch heute noch. Nur hatte sie irgendwann mit dem Nicht-Ausgesprochenen nicht mehr an seiner Seite leben können. Sie war die Verräterin.
Der Brief war eine Befreiung, ein glücklicher Zufall. Sie hatte einen Grund zu handeln; vor sich selbst und vor anderen.

Als sie in der Klinik lag und nicht mehr ein noch aus vor Schmerzen wusste, war sie kurz davor es ihm zu erzählen. Sie glaubte, sterben zu müssen, bestraft zu werden mit dem Tod.
Aber dann bekam sie diese Spritze und er flüsterte ihr ins Ohr, wie sehr er sie liebe, und dass alles gut gehen würde. Sie schloss die Augen und vertraute ihm. Vertraute sich ihm an ohne Worte, die ihr so schwer fielen auszusprechen.
Jahrelang lebte sie mit dieser Lüge. Und mit ihm. Und dem Grauen der Erinnerung.
Heli kam als gesundes Mädchen zur Welt. Sie schaffte es. Paul war ganz der stolze Bilderbuch-Papa. Das durfte sie ihm nicht nehmen.
Als er das kleine Bündel im Arm hielt, sich zu ihr hinunterbeugte, um es ihr zu zeigen und ihr in den Arm zu legen, da schwor sie sich, ihm nie weh zu tun. Sie würde mit der Wahrheit allein leben müssen. Auch wenn sie unschuldig war. Doch es war keine Frage von Schuld. Es war ihr eigenes Unvermögen. Und somit doch ihre Schuld? Aufgrund ihrer Sprachlosigkeit, die sie schon seit Kindesbeinen begleitet hatte.

Mona war bereits vier Jahre alt, als sie zu sprechen anfing. Ihre Mutter war mit ihr beim Arzt gewesen und hatte sie untersuchen lassen. Warum sprach das Kind nicht? Es gab keine plausible Erklärung. Sie war gesund. Um ‚Geduld' bat der Arzt und ‚Verständnis'. Beides Wörter, die ihrer Mutter fremd waren. Mona lief so neben her. Es wurde lange Zeit nicht besonders auf ihr Stummsein eingegangen.

An ihrem vierten Geburtstag, den sie wie alle anderen Tage allein draußen vor der Tür sitzend verbrachte, ausgestattet mit einem Lolli, ihrem Geburtstagsgeschenk - für mehr reichte weder das Gefühl noch das Geld - sah sie, wie ein Hund einen Hasen verbiss.

Mona stand nur wenige Meter entfernt von diesem Naturschauspiel. Starr vor Entsetzen. Sie sah genau zu. Sah wie der Hund immer wieder zuschnappte, ohne den Hasen aus seiner Schnauze zu lassen. Der Hase zappelte und zuckte, bis er schließlich den Kampf ums Überleben verlor. Der Hund ließ von ihm ab, legte ihn an dem Platz ab, wo er ihn getötet hatte.

Mona musste den kleinen Hasen begraben. Der durfte nicht so hier liegen bleiben. Sie musste nach Hause laufen, eine Schaufel holen und ein Stück Holz für ein Grabkreuz.

Die Tür zum Schuppen war verschlossen. Zwar steckte der Schlüssel, aber er ließ sich nicht herumdrehen. Sie musste diese Tür aufbekommen. Sonst würde der Hase da liegen bleiben, ohne

Grab, ohne Kreuz. Seine Seele käme nicht in den Hasenhimmel. Sie musste sich beeilen, womöglich kam diese Hundebestie zurück und holte ihn. Dann würde keiner den Hasen jemals wieder finden. Und seine Seele hätte keine Ruhe.
Die Mutter hörte sie im Garten herumrumoren, kam aus dem Haus.
‚Schließ die Tür auf, schnell, Mama. Ich brauche die Schaufel.'
Ohne wahrzunehmen, dass sie die Stimme ihrer Tochter das erste Mal sprechen gehört hatte, entriegelte die Mutter die Tür und hielt sie für Mona auf. Erst als Mona mit Schaufel und Holzstück bewaffnet wieder an ihr vorbei wollte, hielt die Mutter sie fest. ‚Was hast du eben gesagt, mein Kind?' Aber Mona schüttelte nur den Kopf, drängte flink an ihr vorbei.
Als sie den Hasen beerdigt hatte, ging sie ins Haus, schmiegte sich an die Mutter und sagte: ‚Ich hab dich lieb, Mama.'
Die Mutter sah sie verständnislos an.

„Brauchst du etwas, Mona-Mor?"
Heli stand an ihrem Bett, tastete vorsichtig nach ihrer Hand. Mona sah sie an.
Als Paul ihr Heli damals in den Arm legte, wusste sie, dass es auch sein Kind war. Alles andere war unwichtig. Und sie schwieg weiter.
„Nein. Danke, mein Schatz."

Wie stark sie war und wie erwachsen schon.
Mona sah, dass Heli geweint hatte. Sie zog sie zu sich herunter aufs Bett, richtete sich auf und nahm sie in die Arme.
„Wir sollten zu Hanne gehen, Mona-Mor. Schaffst du das?"
Natürlich würde sie das schaffen. Doch Martha hatte gesagt, dass Hanne allein sein wolle.
Mona nickte.
„Später. Lass ihr noch ein bisschen Zeit."
„Okay, ich bin dann unten mit Ben."

Arme Hanne. Wie konnten sie ihr helfen? Was einer Mutter sagen, die ihren Sohn begraben musste.
Sie verstand sich von Anfang an gut mit Hanne. Mona mochte ihre stille, feine Art, in der nicht alles ausgesprochen wurde. Die beiden Frauen begriffen sich ohne Worte.
Warum hatte sie Dr. Nord nicht gefragt, wie schwer es für Paul gewesen war? Wo war er jetzt?
Sicher, Martha kümmerte sich. Aber Mona war es, die ihren Mann zu Grabe tragen würde und den eigentlichen Vater ihrer Tochter, die sie über alles liebte.
Sie schloss die Augen, glaubte, den Babyduft zu riechen, den Heli ausstrahlte, wenn sie sie in ihren Armen hielt. Zuerst wunderte sie sich, fragte sich immer wieder, wie sie soviel Liebe für dieses kleine Wesen empfinden konnte. Nie hatte

sie Kinder haben wollen. Zu sehr fürchtete sie, so zu werden wie ihre eigene Mutter.
Den Vater des Kindes hasste sie. Den leiblichen Vater.
Vergewaltigt hatte er sie.
Sie wusste nicht wie ihr geschah, hatte ihn nicht kommen hören. Er kam zu ihr ins Büro. Sie stand am Aktenschrank, suchte letzte Unterlagen zusammen für die Bilanz. Überstunden waren nichts Ungewöhnliches. Machten ihr auch nichts aus. Sie liebte ihren Beruf. Und Paul arbeitete auch oft bis in den Abend hinein. Was sollte sie da allein in dem großen Haus.
Er kam von hinten. Wortlos. Hielt mit der einen Hand ihren Mund, presste sie gleichzeitig fest an sich, drückte sie gegen den Aktenschrank, dass ihre Brüste so schmerzten, dass sie meinte, keine Luft mehr zu bekommen. Mit der anderen Hand, schob er ihren Rock hoch, zog den Slip herunter und drang sofort in sie ein. Kein Atmen, kein Schrei. Nur ein ‚Nein' im Kopf. Nein, nein, nein. Dann war es vorbei. Unwirklich.

Als sie zu sich kam, wusste sie nicht, ob es tatsächlich geschehen war. Black-out. Der Mann - ihr Vorgesetzter. Ging nächste Woche. Hatte einen neuen Posten, in Süddeutschland, hieß es. Machte Karriere.
Sie lag auf dem Boden, ihr Rock war leicht hochgerutscht, der Slip war wieder an seinem Platz.

Die Putzfrauen kamen herein, sahen sie auf dem Boden liegen.
„Was ist mit Ihnen? Soll ich einen Arzt rufen?", fragte die eine und half ihr beim Aufstehen.
Mona schüttelte nur den Kopf und versuchte sie anzulächeln.
„Nein, nein, es geht schon wieder. War wohl nur ein kleiner Schwächeanfall."
Als die Putzfrau sie fragend und skeptisch ansah, fügte sie noch hinzu.
„Ich bin den ganzen Tag noch nicht zum Essen gekommen."
Das überzeugte die Frauen und sie schoben mit ihrem Putzwagen ein Zimmer weiter.

Wie anders wäre ihr Leben verlaufen, hätte sie sich damals jemandem anvertraut. Aber sie schaffte es nicht, konnte sich nicht überwinden, Paul von diesem ‚bösen Traum' zu erzählen. Obwohl er ihr bester Freund war. Auch nach der Scheidung noch. Wie sollte sie jetzt ohne ihn leben?

Was hatte sie vorhin zu Heli gesagt? Dass sie ihn immer noch liebe, nie aufgehört hatte, ihn zu lieben. Stimmte das? Wann hatte sie das letzte Mal über ihre Gefühle nachgedacht, wann sie gezeigt? Musste erst das Undenkbare geschehen, damit sie anfing nachzudenken?
So fühlte sich also der Tod an. Der Tod, vor dem sie vor fünfzehn Jahren solche Angst ver-

spürt hatte, als sie Heli zur Welt brachte. Und sie bekam Leben geschenkt.
Obwohl sie sich schuldig fühlte, eines Geschenkes unwürdig. Glaubte sie nicht heute noch, für ihr Schweigen bestraft werden zu müssen? Oder war Pauls Tod jetzt die Strafe? Ohne ihn leben zu müssen.
Aber sie musste und würde weiter schweigen. Wem sollte es nützen, wenn sie jetzt sprach. Paul war tot. Und für Heli war Paul der Vater.
Der Vater, den sie jetzt verlor. Verloren hatte. Warum nur? Er war doch noch jung. Herzversagen, hatte Dr. Nord gesagt. Wenn er sich irrte? Wenn der Grund ein ganz anderer war?
Schließlich war Paul gesund, war körperlich gut in Form. Achtete schon immer darauf. Sie schmunzelte. Vielleicht lag das auch ein bisschen an seiner Eitelkeit. Keinen Bauch wollte er haben, hatte er erst vor kurzem gesagt, wie so viele andere in seinem Alter.

Sie musste mit Claire sprechen. Nicht einfach.
Wollte sie doch um keinen Preis ihre wirklichen Gefühle zeigen. Sie akzeptierte Claire, als die ‚neue' Frau an Pauls Seite. Stellte nie in Frage, dass er wieder glücklich war. Sie verhielt sich Claire gegenüber etwas zurückhaltend, aber nicht abweisend. Da passte sie auf. Wollte auch nicht, dass Heli in Gefühlskonflikte kam oder sich gar durch die neue Beziehung in Entscheidungszwang sah.

Der Schmerz war wahrscheinlich besser auszuhalten, wenn sie alle ein wenig zusammen rückten. Auch Hanne sollte sich nicht so isolieren. Obwohl sie, als weisere und ältere, wohl sehr genau wusste, wie sie am besten damit umging.
Claire war noch so jung. Fast ein Mädchen. Und doch wollte auch sie erst einmal alleine sein, hatte Martha erzählt.

Allein sein wollte Mona jetzt auf gar keinen Fall. Sie war froh, dass sie Heli unten im Haus wusste. Auch wenn sie nicht mit ihr sprach. Aber was sollte sie mit dem Kind reden? Was ihr sagen? ‚Wird alles wieder gut'? ‚Ist nicht so schlimm'? Wie sollte sie jetzt über Gefühle mit ihr sprechen, etwas was sie jahrelang versäumt, nie gelernt hatte.

Heli und Claire verstanden sich von Anfang an gut. Mona gefiel es. Eifersucht kannte sie nicht. Empfand sie auch damals nicht, als sie den anonymen Brief las.
Natürlich hätte sie Paul verzeihen können. Es wäre ihr nicht einmal schwer gefallen.

Aber, Liebste, warum hast du es nicht getan? Warum hast du mich fortgeschickt...

Der Brief schien ihr ein Zeichen. Eine Befreiung. Endlich hatte sie einen Grund, sich von

Paul zu trennen. Einen vermeintlichen Grund.
Jeder verstand sie. Sogar Hanne. Die nicht Partei bezog, jedoch Mona ihr Mitgefühl und Verständnis zeigte.

Jeden Tag dachte Mona an ihre Lüge, wenn sie Paul ansah. Jahrelang. Es war nicht Heli, die ihr vor Augen hielt, dass Unausgesprochenes schlimmer an einem zehren kann, als harte, klare Worte es können.
Paul, mit seinem verständnisvollen, hellen Blick war es. Sie ertrug es nicht mehr. Ihn Tag für Tag zu belügen, hielt sie nicht mehr aus.
So nahm sie den Brief, der wie ein Wunder im Hausflur lag, zusammengeschnipselte Wörter, aus der Zeitung ausgeschnitten: ‚Mona. der Mann ist ein Verräter. Verdammt lange schon. Hinfort.'
Natürlich fand sie den Brief feige, noch feiger in seiner Anonymität.
Aber sie griff nach ihm wie ein Ertrinkender nach einem Strohhalm. Glaubte, sich damit befreien zu können.
Als Paul ging, voller Schmerz und Unverständnis, tat es ihr leid. Sie wollte nach ihm rufen ‚Komm zurück, ich liebe dich, bleib bei mir, verlass mich nicht. Ich muss dir eine Geschichte erzählen. Meine Geschichte. Die Geschichte einer Frau, die das Vertrauen ihres Mannes jahrelang mit Füßen getreten und ihm nichts gegeben hat.' Sie konnte es nicht.

So blieb es.
Claire und Heli trafen sich oft allein. Wie würde das jetzt weiter gehen. Sie waren wie Freundinnen. Claire gab Heli eine Unbeschwertheit, die Mona so nie hätte vermitteln können.
Eines Tages, als sie von der Arbeit nach Hause kam, hörte sie die beiden lachen. Zuerst glaubte sie, Paul sei da. Das Lachen klang so ähnlich wie das seine. Aber als sie die Tür öffnete, sah sie die beiden. Einen kurzen Augenblick bereute sie, nicht noch ein Kind von Paul bekommen zu haben, eine Schwester für Heli. Doch dieses Gefühl ging rasch vorbei.

Ja, wir haben uns geliebt. Ich wusste es, die ganze Zeit, dass du mich liebst, meine Schöne. Wahrscheinlich mehr als ich dich. Aber Liebe ist nicht messbar…

9.

Sie war allein. Endlich. Hatte alle fortgeschickt. Ihnen immer wieder versichert, dass es ihr gut ginge, dass sie damit klar käme. Nur ein bisschen Ruhe brauche.
Schließlich gaben sie nach und ließen sie allein.
Allein. Allein mit Paul. Er war noch da. So wie er immer dagewesen war. Ihr ganzes Leben. Nur hatte sie ihn nicht gekannt.
Aber liebte ihn. Sehr sogar. Bei ihm war sie sicher. Doch er musste sterben. Seit Tagen spürte sie es. Hatte Angst, dass er sie verlassen könnte. So wie ihre Mutter sie auch verlassen hatte.
Claire atmete tief durch. Immer allein. Sie musste sich von diesem Land wieder trennen. Letzte Woche wollte sie mit Paul sprechen. Verschob es immer wieder. Sie wusste, dass ihre Beziehung keine Zukunft hatte. Das lag nicht am Altersunterschied. Der hatte sie beide nicht gestört.
Es war eine Liebe auf Zeit. Sicher, es war nicht fair, dass nur sie davon wusste. Doch sie wollte ihn nicht verletzen, dafür liebte sie ihn viel zu sehr.

So wie ich dich liebe, meine Claire. Immer lieben werde. Es war eine besondere Liebe zwischen uns beiden. So wie sie nur wenigen Menschen widerfährt. Wir wollen dankbar sein dafür. Ich bin dankbar...

Paul wusste es nicht. Sie sagte es ihm nie. Dass er ihr erster und jetzt, nach seinem Tod, der einzige Mann in ihrem Leben blieb. Sie bekam die Chance. In Frankreich hatte man ihr Flehen erhört. Sie konnte wiederkommen. Sie war bereit dazu. Sie wusste, es war der richtige Schritt. Dem Herrn zu dienen, ihn zu ehren und zu lieben. Wie sie ihm schon die Jahre zuvor gedient hatte. Sie schloss die Augen. Sah sich wieder im Kloster, bei Schwester Josette. Im Garten.
Nein, diesmal würde es ihr nicht so gehen wie nach Mamies Tod. Sie würde nicht noch einmal zurückkehren wollen in die Welt der Weltlichen. Sie wollte bei Gott und seinen Pflanzen bleiben. Sie war sich ganz sicher.

Damals wusste sie nicht wohin. Hatte solch eine starke Sehnsucht nach Geborgenheit, dass die Sœurs de la Croix ihr als einziger Ausweg erschienen. Überstürzt war ihr Entschluss, doch vertrat sie ihn vehement und glaubhaft.
Als sie dann vor einem Jahr mit Schwester Josette sprach, deutete die ihr versteckt an, dass sie innerhalb eines Jahres wieder zurückkommen könne.
Das Jahr war noch nicht vorbei. Und Schwester Josette sollte Recht behalten. Eine kluge Frau.

Wäre sie doch so wie sie. Vielleicht vergab man ihr ihre Schuld.

Sie würde telefonieren, sobald sie von Martha erfahren hatte, wann die Beisetzung stattfand. Hanne wurde vorhin richtig sauer, als Martha meinte, man könne es auch um ein paar Tage verschieben, nach Auskunft des Bestattungsunternehmens.

‚Das kommt überhaupt nicht in Frage', hatte Hanne ganz entschieden eingeworfen. ‚So schnell wie möglich, das ist das Allerbeste.'

Sie unterstützte Hanne. Meinte, der Abschied sei dann erträglicher, wenn die Trauerzeremonie stattgefunden hätte.

Ganz leise sprach sie und weinte dabei. Das überraschte sie. Sie weinte nie. Kannte nicht den Geschmack der salzigen Tränen.

Heli legte den Arm um ihre zuckenden Schultern. Die kleine Heli. Versuchte auch, ihre Großmutter zu beruhigen. Die aber ganz ruhig schien. Und sehr bestimmt.

Claire konnte sich nicht erklären, warum es Hanne derart eilig hatte. Martha sah sie nur achselzuckend an und sagte leise zu Hanne: ‚Wie du meinst, Mutter.'

Es überraschte Claire, wie gefasst alle mit Pauls plötzlichem Tod umgingen. Und wie bemüht und besorgt sie alle um sie waren.

Die kleine Heli fiel ihr regelrecht um den Hals, wollte sie gar nicht mehr loslassen. Sie tat ihr leid. Hatte sie ihr den Vater genommen, den, den sie selbst nie hatte?

Und Mona. Himmel, die sah entsetzlich schlecht aus. Dunkle Augenringe, als hätte sie seit gestern kein Auge mehr zugetan. Das überraschte Claire. Schließlich waren die beiden mehr als zehn Jahre auseinander. Aber vielleicht irrte sie sich. Vielleicht war es auch nur die Sorge um ihre Tochter.

Martha nahm sie zur Seite. Sagte ihr, dass sie sich keine Sorgen machen solle. Das Finanzielle werde sie regeln. Und sie, Claire, werde nicht leer ausgehen. Da seien sie alle der gleichen Meinung.

Paul war nicht unvermögend. Hatte das Erbe des Vaters gewinnbringend angelegt und auch selbst gut verdient. Das hatte sie nicht gewusst, sich nie Gedanken darüber gemacht.

Claire dankte Martha. Für die Fürsorge und Fairness. Aber sie wolle das Geld nicht, sie brauche es nicht. Martha widersprach ihr nicht. Dachte sich wohl, dass es vielleicht noch zu früh für dieses Thema sei. Sie wollte nett sein. Wenn sie nach der Beerdigung erfahren sollte, dass Claire ins Kloster ging, würde sie es verstehen. Nein, das Geld sollte Heli bekommen.

Sie war froh, dass jetzt alle fort waren. Sie musste aufräumen. Das Haus, ihre Sachen und vor allem in ihrem Inneren.

Das konnte sie. Martha und den anderen würde es sicher helfen, wenn sie nicht lange in den Pa-

pieren herumstöbern mussten. Um das Geschäftliche würde sich Johanna kümmern. Die war ja unglaublich praktisch. Wenn die den ersten Schock überstanden hatte, würde sie alles schnell in den Griff bekommen.
Den Privatkram, den wollte sie sortieren. Martha stimmte ihr zu. Natürlich sei ihr das recht. Paul sicher auch.

Claire wollte, dass hier nichts mehr an sie erinnerte. Dann fiel Heli der Abschied auch nicht so schwer. Richtig lieb gewonnen hatte sie die Kleine. Soviel mit ihr gelacht. Wohl wie mit keinem anderen Menschen in ihrem Leben. Ja, nicht einmal mit Paul.
Ihre Sachen konnte sie alle in die Altkleidersammlung geben, die Bücher zum Altpapier. Mehr besaß sie nicht. Es war Pauls Haus.
Ihre Liebesbriefe wollte sie vernichten, die gehörten nur ihr und ihm. Das ging niemanden etwas an. Und das wäre es dann.
Schmuck besaß sie nicht, bis auf das kleine silberne Kreuz von ihrer Mutter. Das wollte sie behalten.

Als Mamie starb, räumte sie auch erst einmal auf, sortierte alles. Das half. Sie verkaufte das kleine Häuschen von Mamie sofort. Sie wusste, dass sie nicht zurückkehren würde.

Den Schmerz ertrug sie. Damals wie heute.

Es erleichterte sie, dass sie wieder zurückging. Die Ruhe und die Geborgenheit würden ihr gut tun.
Manchmal wusste sie nicht, warum sie überhaupt fortgegangen war. Hatte sie doch alles bei den Schwestern, was ihr bei Mamie gefehlt hatte. Als Kind konnte sie das nie in Worte fassen; selbst heute fiel es ihr noch schwer. Es war das Gefühl, zu jemandem zu gehören.
Das war gut. So gut wie es war, mit Paul zusammen zu sein. Doch es durfte nicht sein. Sein Tod war endgültig. Ihre Geschichte nicht.
Obwohl es draußen besonders schwül war, entzündete Claire ein Feuer im Kamin. Sie musste die Briefe verbrennen, wollte und konnte sie nicht mitnehmen in ihr neues, altes Leben.
Einen nach dem anderen warf sie hinein, trennte sich von ihrer Geschichte. Seltsam, sie musste wieder weinen. Die Menschen, die ihr für kurze Zeit eine Familie waren, würde sie nicht vergessen. Mitnehmen würde sie sie nicht. Niemandem konnte sie erzählen, wohin sie ging. So wie sie eines Tages einfach da war, würde sie fort sein. Sie würden sie vergessen, vielleicht später einmal sagen: ‚Weißt du noch, die Kleine mit den traurigen Augen, wie hieß sie noch gleich, die, die Paul damals heiraten wollte.'

Vergessen musste sie. Pauls Tod. Sie würde es schaffen, darüber hinwegkommen, im kleinen Kräutergarten.

Ihr Bereich, ihre Aufgabe. Sie lernte schnell. Das sagte auch Schwester Josette. Lobte sie. Wie die Pflanzen unter ihrer Obhut gediehen. Das hatte sich gut angefühlt, dieses erste Lob in ihrem Leben. Sie weihte sie ein in die Geheimnisse der pflanzlichen Heilkunde. Wie vielen Menschen würde sie noch helfen dürfen. Liebevoll hatte sie sich um die Älteren, Gebrechlicheren gekümmert. Ihnen zugehört und ihnen Mut zugesprochen. Einige lächelten schon, wenn sie ins Zimmer kam. Manche nahm sie mit zu einem Spaziergang. Hier schenkte sie Freude und Zuversicht.

Mamie wollte nie Aufmerksamkeit. Sie gab auch keine. Es war für sie Pflichterfüllung, Claire großzuziehen. Und Claire wusste ziemlich früh, dass Pflicht nicht alles im Leben war. Sie wollte Freude und Fröhlichkeit bei den Menschen. Schwester Josette bot ihr immer wieder an, sie könne ebenso gut die Kleinen unterrichten. Eine Zusatzausbildung machen. Sie würde sich dafür einsetzen.

Aber Claire wollte nicht zu den Kindern. Die gingen auch so ihren Weg, ohne sie. Um die Alten wollte sie sich kümmern, um die, die niemand mehr wollte. Claire liebte sie, liebte ihre Geschichten. Wenn sie von ihren Familien erzählten, ihren Träumen. Mit diesen Geschichten konnte auch sie, Claire, so vieles leben. Wenn sie die Wahl hatte: wäre sie da nicht einfältig, sich für die Kinder zu entscheiden, denen sie immer wieder die gleichen monotonen Kinderlieder hätte vorsingen müssen?

Paul fragte nie. Die typischen Fragen, wenn man sich kennenlernte. Am ersten Abend hatte er schon zu ihr gesagt: Er glaube, sie schon sein und auch ihr ganzes Leben lang zu kennen. Wie Recht er hätte haben können.
Claire hielt den letzten, noch nicht verbrannten Liebesbrief in der Hand. Der letzte, den er ihr zu ihrem Geburtstag geschrieben hatte. Sie hatte das Datum des Geburtstags frei erfunden. Sonst hätten sie ihn zusammen wohl nicht erlebt. Die Freude wollte sie ihm lassen: „Mon amour. On ne voit bien qu'avec le coeur. L'essentiel est invisible pour les yeux."
Er hatte es gefühlt, genau wie sie. Dass sie zusammen gehörten. Da wusste sie: sie war am Ziel. Ihre Familie auf Zeit. Sie wollte wenigstens einmal das Gefühl haben, mit dazu zu gehören. Doch dann war alles anders gekommen. Paul wollte heiraten.

Ja, ich glaubte, es sei das, was du willst. Was du erwartest. Was dir wichtig ist. Mir war das egal. Ich hätte auch so mit dir leben können. Wollte aber dir, der jungen Frau, nicht das Erlebnis einer Hochzeit verwehren...

Auch wenn er sie nie etwas aus ihrem früheren Leben fragte, glaubte er zu wissen, was sie woll-

te. Sie würde nicht ‚nein' sagen. Vermutete, dass ihn das verletzen würde.
Als sie ihn einmal fragte, warum er nicht die typischen Fragen stellte: woher kommst du, wohin willst du, was hast du vorher gemacht..., antwortete er ihr: dass alles, was sie ihm erzählen wolle, sie ihm schon erzählen werde. Und das, was sie nicht erzähle, ginge ihn auch nichts an.

Ich habe es mir leicht gemacht. Manchmal sahst du so traurig aus. Ich wollte nicht einen fast schon überwundenen Schmerz wieder wecken. Wollte auch nicht die Auseinandersetzung damit. Bequemlichkeit? Angst? Angst vor deinen Augen...

Claire war erleichtert. So fühlte sie sich sicher. Ganz sicher. Kam nie in Verlegenheit, schwindeln zu müssen. Erzählte nur das, was auch stimmte. Verschwieg das Wesentliche. Ihre Suche. Nach ihm. Obgleich sie ihm damals, vor wenigen Wochen erst - es schien ihr Jahre her zu sein - als sie den Geburtstags-Liebesbrief bekam, den, der jetzt zu Asche zerfiel, antwortete: ‚Ich grolle nicht, und wenn das Herz auch bricht.'
Sie lachten beide. Es war ein Spiel zwischen ihnen. Kam er ihr mit Antoine de Saint-Exupéry, konterte sie mit Schiller. Sein Part waren die Franzosen, ihrer die Deutschen. Sie staunte jedes Mal, wie bewandert er in französi-

scher Literatur war. Paul liebte Sprichwörter und Zitate.

Sie erlebte ihn einmal bei Freunden, wo sie Scharade spielten. Pauls Mannschaft machte einen Punkt nach dem anderen und gewann mit immensem Vorsprung. Er freute sich wie ein kleines Kind. Sie lachte so frei und unbeschwert, wie in ihrem ganzen jungen Leben noch nicht. Wie er dastand, sich verrenkte, die aberwitzigsten Ideen hatte, seine Darstellungen auf den ‚Punkt' zu bringen. Wenn er raten und nicht spielen musste, war er immer der Schnellste. Deshalb rissen sich auch beide Mannschaften um ihn. Im Freundeskreis kannte man sein Talent. Claire wies man an jenem Abend zwangsläufig der anderen Mannschaft zu, vermutete und unterstellte man doch bei ihr eine ähnliche Begabung.
Ein unbeschwerter Abend. Einer ihrer letzten. Kurz darauf machte er ihr den Heiratsantrag.

Claire seufzte auf, ließ das Feuer im Kamin ausgehen; sie würde ihn später säubern. Nur nicht Gefahr laufen, Fragen der anderen beantworten zu müssen. Martha war zuweilen ein bisschen zu besorgt. Natürlich könnte sie sagen, dass sie gefroren habe. Der Schock. Tatsächlich war ihr kalt. Hatte sich schon die Strickjacke übergeworfen. Das erste Stück, das sie sich nach ihrer Ankunft hier in Deutschland gekauft hatte.

Geldsorgen hatte sie nicht gehabt, als sie das Kloster verließ. Mamie hatte ihr ein bisschen vererbt. Nicht viel. Aber fürs Erste reichte es. Die Jacke würde sie nun nicht mehr brauchen. Am besten, sie packte gleich ihre Sachen. Alles Weitere konnte sie Schwester Josette überlassen. Das schwarze Kleid würde sie zur Beerdigung tragen und auch gleich damit weiterreisen.
Hoffentlich rief Martha bald an und nannte ihr den Termin. Wenn sie danach fragen würde, konnte das einen falschen Eindruck erwecken. Mona hatte sie schon ganz eigenartig angesehen, als sie Hanne beipflichtete, dass die Beerdigung möglichst bald sein solle.

Ach, wäre sie doch nur schon fort. Aber das konnte sie Paul nicht antun. Auch den anderen nicht. Sie hatten sie ins Herz geschlossen, auch wenn die Zeit recht kurz gewesen war, die sie miteinander verbringen durften. Schade.
Wieso weinte sie jetzt schon wieder? Warum nur? Der Abschied von Heli fiel ihr schwer. Sie liebte sie. Sie wollte ihr ein kleines Abschiedsgeschenk machen. Zur Erinnerung. Doch nein, nichts zurücklassen. Nichts, aber auch gar nichts sollte an sie erinnern.
Peinlich hatte sie darauf geachtet, dass sie nur auf Fotos zu sehen war, die Paul aufnahm. Sonst drehte sie sich immer weg. Ganz schnell. Wie unbeabsichtigt. Hinterher lächelte sie jedes Mal und bat um Verständnis. ‚Ihr fehle es an Selbst-

bewusstsein, sie würde auf Fotos immer ganz fürchterlich aussehen.' Man akzeptierte ihr Verhalten und der anfangs vehemente Widerspruch verebbte.

Paul tat ihr leid. Keine Frage. Aber ein Zurück gab es nicht. Er war tot. Und sie würde mit ihm für den Rest ihres Lebens leben.

10.

Ihr Mann war vor einer Stunde gegangen. Ganz früh. Ein Gerichtstermin, außerhalb. Er stellte ihr Tee ans Bett. Bat sie nochmals um Verständnis, dass er nicht mit zur Beerdigung kam.
Sie würde allein von Paul Abschied nehmen.
Aber sie wollte nicht. Wollte es immer noch nicht wahrhaben. Die letzten Tage war sie arbeitsunfähig. Zwar saß sie stundenlang im Büro, kritzelte vor sich hin, doch die Ungläubigkeit und Verwirrung waren stärker als ihre Kreativität.
Wie wenig Gedanken sie sich zuvor um diese Freundschaft gemacht hatte. Wie leichtfertig sie damit umgegangen war. Fast schon kriminell.

Der Einstieg in ihre berufliche Partnerschaft: Betrug. In der ersten Zeit, als sie verdienten, überlegte sie immer wieder, ihn in ihr ‚kleines Geheimnis', ihr ‚kleines Vergehen' einzuweihen. Ihm das Geld zurück zu geben, um das sie ihn betrogen hatte. Jahrelang lag es in einem Umschlag in ihrer Schreibtischschublade bereit.
Doch wie hätte sie beginnen sollen? ‚Du, ich hab dich damals beschissen, sei mir nicht böse, hier ist das Geld.' Wie hätten sie nach diesem Geständnis miteinander weiter arbeiten können, nach diesem zugegebenen Vertrauensbruch. Ih-

re Großmutter sagte früher immer wieder den Satz: ‚Was Du nicht weißt, macht Dich nicht heiß'.

Johanna entschied dann jedes Mal, ihn nichts wissen zu lassen. Verbuchte es auf das Konto ‚Verjährung'. Jetzt stand sie da, ohne die Möglichkeit einer Wiedergutmachung. Sie konnte ihm ja schlecht die Scheine ins Grab rieseln lassen, sozusagen ‚statt Blumen'.

Er war fort. Ihr Leben ohne diesen Freund für sie kaum vorstellbar. Wie gelähmt saß sie aufrecht im Bett, hielt die Teetasse, aus der sie noch nicht einen Schluck getrunken hatte, fest in ihrer Hand.

Seit ihr Mann gegangen war, saß sie so. Bewegungslos. Unfähig aufzustehen und sich anzuziehen. Sie musste sich bewegen, konnte es aber nicht. Ihre Beine, die Arme, ihr Körper gehorchten ihr nicht.

Wenn sie doch nur diese verflixte Teetasse loswerden könnte. Der Tee war auch schon ganz kalt. Wie fürsorglich von ihrem Mann.

Die letzten Tage hielt er sich tatsächlich zurück. Bedrängte sie nicht, forderte nichts. Ganz lieb nahm er sie in den Arm und tröstete sie.

Sie rief ihn an, als Martha gegangen war, nachdem sie die Todesnachricht überbracht hatte. Wie mechanisch griff sie nach ihrem Handy und drückte die Kurzwahltaste.

Als er sich meldete, schluchzte sie nur. Kein Wort konnte sie sagen. Zumindest nichts Ver-

ständliches. Nur Schluchzen, Jammern, Gestöhne drang an das Ohr ihres Mannes. Der zögerte nicht lang, spürte, dass sie es sein musste, die anrief. Redete ihr gut zu und machte sich mit dem Handy am Ohr sofort auf den Weg zu ihr. Immer wieder sprach er besänftigend auf sie ein. An seine Worte erinnerte sie sich nicht mehr. Keinen Satz nahm sie wahr. Hörte nur den beruhigenden Tonfall seiner Stimme und weinte immer weiter.
Sie heulte noch in das Handy, als er das Atelier betrat. Er nahm es ihr aus der Hand und hielt ihre andere fest. Lange standen sie so da. Sie spürte seine warme Hand, diese Hand, der sie vertrauen konnte.

Sie hatte gar nicht gewusst, wie sehr sie ihn und seine Nähe brauchte. Wie sehr sie sich auf ihn verließ. Auf seine Liebe.
Dass er sie so oft und stark begehrte, hatte sie verschreckt. War ihr zu viel. Vermeintlich zu viel. Dabei war es doch ein gutes Gefühl. Sie würde mit ihm reden. Würde ihm sagen, wie dankbar sie ihm war, dass er sie durch diese Tage gebracht hatte. Dass er jetzt nicht bei ihr sein konnte, war nicht seine Schuld. Er wollte ja versuchen, seinen Termin zu verschieben oder ihn einem Kollegen zu übergeben. Sie hielt ihn davon ab. Versicherte ihm, dass sie es allein schaffen würde. Und saß nun da in diesem blöden Bett und konnte sich nicht bewegen.

Was würde Paul jetzt sagen: ‚Raus aus den Federn, Hintern hoch'. Das hatte er zumindest vor der letzten mündlichen Prüfung gesagt, als sie sich in ihrem Bett verkrochen hatte und glaubte, den Druck nicht aushalten zu können.
‚Lass den Psychoquatsch und beweg deinen Hintern'. Er stand mit dem Wäschebestäuber vor ihr und machte aberwitzigste Drohgebärden. Sie war nicht einen Zentimeter von der Stelle gewichen. Paul machte Ernst. Sie wurde wütend. Das erste Mal. Fand ihn unsensibel. Fühlte sich nicht ernst genommen in ihrer Angst. Natürlich waren sie trotzdem gemeinsam zur Prüfung getapert, bestanden beide. Mit Auszeichnung. Als sie aufhörte auf ihn zornig zu sein, versuchte sie sich bei ihm zu entschuldigen und ihm zu danken. Mit einer Handbewegung wischte er es beiseite.
‚Ist okay', dabei verdoppelte er immer die letzte Silbe, als wenn man ein echoendes ‚eyh' hören würde.

Ganz langsam streckte sie den Arm mit der Teetasse in Richtung Nachttisch. Einen Finger nach dem nächsten vom Henkel lösend stellte sie die Tasse ab. Na bitte, es ging doch. Jetzt nur noch aufstehen und unter die Dusche. Seit Tagen hatte sie sich nicht die Haare gewaschen, sah aus wie die Pennerin vorm Supermarkt.
Sie würde zum Friedhof gehen und Paul ‚Auf Wiedersehen' sagen. Doch wo würden sie sich

wiedersehen? Und wann? Wann würde sie sterben? Wann ihr Mann?
Sie mussten auf sich aufpassen. Es konnte so schnell gehen. Und dann?
Es war eine Erdbestattung. Johanna verstand das nicht. Heutzutage ließ man sich doch verbrennen, sagte sie erstaunt zu Martha. Doch die zuckte nur die Achseln. ‚Hanne will es so, lässt da nicht mit sich reden'. Martha verstand es auch nicht. Zumal Hanne nichts erklärte. Und Martha wollte nicht insistieren.
Johanna drehte das warme Wasser aus, ließ das kalte über ihren Kopf und ihren Körper entlang hinunter fließen. Sie wollte diesen Tag klar erleben. Wach. Wollte nicht morgen noch glauben, es sei nur ein böser Traum.
Auf dem Küchentisch stand eine Schale mit Obstsalat. Ein Zettel von ihrem Mann lag daneben. ‚Ich bin bei dir.' Er sorgte sich wirklich um sie. Warum hatte sie das nicht schon viel eher erkannt? Oder lag es an diesem verflixten siebten Jahr, dass sie so zickig zu ihm war? Sie wollte sich bessern. Sie nahm ein paar Löffel, aß im Stehen das frisch geschnittene Obst.
Sie musste noch in der Gärtnerei vorbei, den Kranz abholen. Rosen hatte sie einbinden lassen. Lange überlegt, welche Farbe. Ihr Mann stand neben ihr, drängelte nicht, so wie er es sonst gern tat. Einkaufen war ihm ein Gräuel. Ratlos war sie, als der Gärtner nach einem Spruch für die Schleife fragte. Was sollte man

denn da schreiben? Noch nie hatte sie einen Kranz bestellt, geschweige denn, sich so einen Spruch überlegen müssen. Ihr Mann half ihr. ‚Sag was du denkst. Dann passt es.' ‚Ich denke nichts und ich fühle auch nichts', flüsterte sie ihm zu, wollte hier vor diesem Blumenmenschen nicht schon wieder in Tränen ausbrechen. ‚Aber du musst es schreiben, Johanna. Sag ihm zum Abschied noch etwas Nettes.' Na, ‚Sausack' konnte sie ja wohl schlecht auf die Schleife schreiben lassen.

‚Also gut: ‚Für meinen besten Freund Paul. In Liebe", murmelte sie schließlich. Er drückte ihre Hand.

Als sie aus dem Laden gingen, überlegte sie kurz, ob sie, wenn es andersrum wäre, dass ihr Mann eine Freundin verloren hätte, sich auch so liebevoll um ihn kümmern würde. Sie wäre bei solch einem Spruch eifersüchtig gewesen. Wie albern, als wenn es darauf ankäme.

Im Flur griff sie nach ihren Autoschlüsseln auf der Kommode.

11.

Die Nacht war grauenhaft.
Der Vollmond schien in ihr Zimmer. Sie hatte die Vorhänge nicht zugezogen. Hätte sich sonst noch einsamer gefühlt. Seit langem ließ sie die Tür zu ihrem Schlafzimmer offen stehen.
Als sie glaubte, Heli sei eingeschlafen, ging sie zu ihr hinüber. Vorsichtig öffnete sie die Tür und setzte sich an ihr Bett. Sah ihr beim Schlafen zu.
Sie hatte ihr ein leichtes Schlafmittel gegeben. Heli weinte am Abend zuvor ganz fürchterlich. Das erste Mal, seit Paul tot war. Die ganzen Tage war sie so tapfer gewesen, ihre Kleine. Doch dann, als sie beim Abendessen saßen und Heli appetitlos auf ihrem Teller herumstocherte, brach es aus ihr heraus, der Schmerz und die Angst.

Es war nicht gerecht, dass sie so jung ihren Vater verlor. Mona wollte ihr anbieten, nicht an der Beerdigung teilzunehmen. Doch sie war mit ihrem Satz noch nicht zu Ende, als Heli aufschrie: ‚Spinnst du jetzt total? Natürlich komme ich mit, ich gehe hin. Das steht doch wohl gar nicht zur Diskussion!'
Natürlich, das Kind hatte Recht. Keine Frage. Wie war sie nur auf diese absurde Idee gekom-

men. Das Kind war kein Kind mehr, es war eine junge Frau.
Mona musste endlich akzeptieren, dass sie sie vor den Schmerzen des Lebens nicht schützen konnte. Sie lachte bitter auf. Wie auch. Konnte sie sich doch selbst nicht schützen oder gar wehren.
Für Heli war Paul der Vater. Mein Gott, welchen Betrug hatte sie begangen. Der Betrug des Schweigens. Von wegen: ‚Reden ist Silber, Schweigen bringt Gold.' Ach Paul, mit seinen Sprichwörtern. Das war der einzige Makel an ihm. Für sie zumindest. Wie nervte sie das manches Mal, wenn sie dann über ihren Schatten sprang, zum Reden ansetzte, über Dinge sprechen wollte, die sie beschäftigten, und er, sicher indem er es ihr leichter machen wollte, mit diesen ‚Weisheiten' daherkam. Da klappte sie den Mund gleich jedes Mal wieder zu.

Die halbe Nacht saß sie neben Helis Bett und haderte mit sich. Wollte sie wecken, ihr sagen, wer in Wirklichkeit ihr Vater war. Doch jedes Mal, wenn sie ihren Arm ausstreckte, um das Mädchen zu wecken, hielt sie in der Bewegung inne. Wozu jetzt noch. Paul war tot. Die beiden könnten sich nicht mehr besprechen, hatten kein Gegenüber mehr, mit dem sie ihre Verletzung hätten teilen können.
Schließlich stand sie auf, schloss leise die Tür zu Helis Zimmer und ging in den Keller. Das Le-

ben musste weiter gehen. Ein bisschen Wäsche waschen, da tat sie doch wenigstens etwas Sinnvolles.

Übermorgen war sie wieder im Hotel. Das hatte sie mit Heli besprochen. Auch sie wollte dann wieder in die Schule. Ablenkung durch Arbeit würde ihnen beiden gut tun. Zuviel Traurigkeit hatte sie die letzten Tage gelähmt.

Als sie Helis Jeans in Händen hielt, fühlte sie etwas in der Hosentasche. Sie griff hinein, und hielt ein zerknülltes Blatt Papier in Händen. Sicher nur ein Spickzettel. Nichts Wichtiges. Kurz überlegte sie, das Papierknäuel zu entknittern. Aber nein, das ging sie nichts an. Nachher war es vielleicht ein Liebesbrief von Ben. Ab in den Müll damit. So wie sie es aus der Tasche gezogen hatte. Sonst glaubte Heli noch, sie spioniere ihr nach. Sie klappte den Mülleimerdeckel hoch, ließ den Papierball hineinfallen, stellte die Maschine an und ging hoch in die Küche.

Warme Milch mit Honig würde ihr das Einschlafen erleichtern. Ein Schlafmittel wollte sie nicht nehmen. Dazu war es schon zu spät oder zu früh. Kein Risiko eingehen. Sonst würde sie die Beerdigung vielleicht nur wie in Watte gepackt miterleben.

Sie hatte sich um nichts gekümmert. Martha organisierte alles, bat sie nicht um Hilfe. Das war das Unausgesprochene zwischen ihnen. Natürlich war Mona ‚nur' die Ex-Frau, Heli noch ein Kind, Claire nicht mit Paul verheiratet. So standen an erster Stelle Hanne und Martha. Und Hanne hatte Martha gebeten, ja fast befehligt, alles zu arrangieren.

Martha rief unter dem Vorwand an, den Ablauf mit ihr zusammen festlegen zu wollen, obwohl von Hanne sicher schon alles ‚abgesegnet' war.

Es war Mona gleichgültig, wie die Beerdigung ‚ablief'. Sie wollte nur, dass es schnell vorbei ging. Sie würde sich auf ihre Weise von Paul verabschieden. Hatte sie das nicht schon vor Jahren getan?

Sie waren ‚geschiedene' Leute. Doch all die Jahre hielt sie an dieser vergangenen Liebe fest, die vielleicht gar keine Liebe war, sondern nur eine Vorstellung davon. Denn müsste Liebe es nicht aushalten können - einen Missbrauch, ein nichteheliches Kind, einen dahingeschnipselten Brief. Paul hinterfragte ihre Entscheidung nie. Wollte nicht wirklich wissen, was in ihr vorging. ‚Verkannt' fühlte sie sich damals, als sie mit Heli am Fenster stand und ihm beim Wegfahren zusah.

Mona saß am Küchentisch, blickte wie damals zum Fenster hinaus. Der Morgen kam. Der Morgen der Beerdigung. Entgegen der Wettervorhersage konnte man schon die ersten Sonnenstrahlen erahnen. Das war gut. Würde es leichter machen. Vor allem Heli. Ihrem Kind. Ihrem Sonnenschein.

Sie stand auf. Sie musste Frühstück machen. Das Kind sollte auf jeden Fall noch etwas zu

sich nehmen. Ein bisschen Obst, ein bisschen Saft. Das würden sie beide schon runterbringen.
Sie selbst musste aufhören, dieser Liebe hinterher zu jammern. Vielleicht hatte es so kommen sollen. Der tote Paul. Damit sie ihn endlich losließ.
Die Hälfte ihres Lebens war rum. Vielleicht blieb sie doch nicht allein. Gut, mit Heli war sie nicht allein, aber es war nur eine Frage der Zeit, bis das Mädchen sie verließ. Sollte sie auch. Das war richtig. Genauso wie es falsch war, dass Paul so früh starb.
Aber für sie, für Mona selbst, war es vielleicht eine Chance? Vielleicht würde sie jetzt, da Paul tot war, doch noch einmal lieben können. Einen Teil der ersten Hälfte ihres Lebens buchstäblich begraben.
Sie hörte Heli oben im Badezimmer, ging zu ihr hinauf. Vor der Badezimmertür blieb sie stehen: „Alles in Ordnung, mein Schatz?"
Die Dusche rauschte schon.
„Was hast du gesagt, Mona-Mor? Ich bin schon unter der Dusche. Versteh dich nicht. Komm doch rein."
Mona betrat das dampfende Bad.
„Ich wollte nur wissen, ob du irgendetwas brauchst."
„Nein, das heißt ja. Eine Pille gegen die Traurigkeit."
Heli konnte schon immer aussprechen, wie sie sich fühlte. Was ihr fehlte. Im Gegensatz zu

Mona. Mona war froh, dass ihr Kind diese Gabe besaß.
Auf jeden Fall klang sie schon besser, als gestern Abend. Auch wenn Helis Ausbruch ihr fast das Herz zerrissen hatte, war es doch gut, dass es raus war. Lange hatte sie sie in den Armen gehalten und hin- und hergewiegt, wie ein kleines Baby. Genoss diese Nähe, die sie dann später in der Nacht so sehr vermisste.
„Ich bin unten in der Küche."
Mona zog sich leise zurück.

Heli duschte so heiß sie nur konnte. Sie fror. Bildete sich ein, die ganze Nacht gefroren zu haben, obwohl sie sich noch eine Extra-Decke genommen hatte. In der Nacht. Als Mona-Mor endlich von ihrem unbequemen Schreibtischstuhl aufgestanden war und ihr Zimmer verlassen hatte. Warum saß sie da stundenlang an ihrem Bett?
Sie hatte Angst, wenn sie sich bewegte, dass ihre Mutter mit ihr sprechen wollte oder noch einmal ‚zusammenbrach'. Oder weinte. Sie konnte und wollte ihre Mutter nicht weinen sehen. Deshalb stellte sie sich schlafend. Die Schlaftablette, die Mona-Mor ihr gegeben hatte, hatte sie nicht genommen. Sie war erwachsen, zumindest so gut wie. Das musste sie aushalten. Doch jetzt fror sie. Dabei war die Nacht schwül gewesen. Man spürte schon die kommende Hitze des Tages.

Die letzten Tage fragte sie sich immer wieder, was sie eigentlich fühlte. Alle fassten sie mit Samthandschuhen an. Das wollte sie nicht. Auch hatte sie ein schlechtes Gewissen. Zum ersten Mal fragte sie sich, was sie von ihrem Vater wusste. Ob sie ihn kannte: sein Leibgericht war Sauerbraten mit Semmelknödel. Ein begeisterter Olympiadefreak war er. Vor allem im Schwimmen, ratterte die Medaillensieger der letzten zehn Olympischen Spielen mit exakten Zeiten herunter, in allen Disziplinen. Er mochte Miss-Marple-Filme und las Heinrich Mann. Das zu wissen war vielleicht schon eine ganze Menge. Und seinen aktuellen Lieblingswitz kannte sie auch. Halt, nein, den hatte sie schon wieder vergessen. Wie ging der noch gleich? Egal. Das war es auch wohl kaum, was einen Vater auszeichnete.

Das Schwimmen verband sie. Sie stand nicht in unmittelbarer Konkurrenz zu ihm. Sie merkte nicht, wie sich ihre Tränen mit dem heißen Wasser der Dusche vermischten. Jetzt gab es keine ‚Wettkämpfe' mehr. Im Wasser, zusammen mit ihm, war ihr ihre Beziehung immer ganz leicht erschienen. Im Spanien-Urlaub sagte sie es ihm. Er sah sie ernst an. ‚Ja, wenn man Menschen kennen lernt, die mit Wasser zu tun haben, dann wird alles ganz leicht.'

Verdammt. Das war alles? Oder war sie nur zu doof, zu begreifen, was sie mit ihm verband?

Sie musste raus hier aus der Dusche. Das Wasser wurde auch schon kälter, wahrscheinlich hatte sie den gesamten Inhalt des Boilers verbraucht.

Als sie in die Küche kam, sah Mona sie erstaunt an.
„So willst du gehen, Kind?"
Wie sie dieses Wort ‚Kind' hasste. Doch heute wollte sie großzügig darüber hinwegsehen. Ihre Mutter konnte nichts dafür, dass Paul tot war.
„Das ist doch viel zu warm."
Heli hatte sich für einen schwarzen Rollkragenpullover entschieden, den Paul ihr letzte Weihnachten geschenkt hatte.
„Mir ist kalt, Mona-Mor."
Ihre Mutter drängte nicht weiter, stellte ihr eine Schale mit geschnittenem Obst hin.
„Das hilft jetzt auch nicht."
Heli hatte keinen Appetit. Wenn sie sich vorstellte, wie ihr Vater da in einem dunklen Sarg lag, brachte sie keinen Bissen herunter.

Sie konnte nicht mehr mit ihm reden. Das war es. Jetzt wusste sie, was sie so schmerzte. Natürlich hatte sie ihn seit seinem Fortgang nicht unmittelbar gebraucht. Vermisste ihn auch nicht bewusst.
Was da irgendwelche Therapeuten später draus machen würden, stand auf einem ganz anderen Blatt.

Aber sie konnte ihm ihr Vergehen nicht mehr beichten. Würde nun immer damit leben müssen. War es das, was so viele Voll-Erwachsene damit meinten, wenn sie von ‚Erwachsen-Werden' sprachen?

An einem der letzten Wochenenden war es. Paul hatte noch einen Termin. Sie wollten zu dritt Abendessen gehen. Paul verspätete sich, und Claire war am Telefon. Sie hatte sich ins Schlafzimmer zurückgezogen. Mit einem kleinen Zwinkern.
Dabei hatte sie doch sonst keine Geheimnisse vor Heli, sprach ganz frei und offen vor ihr mit ihren Freunden, vielmehr Pauls Freunden. Claire hatte keine ‚eigenen Bekannten', wie sie es nannte. Aber dieses Telefonat war anders. Claire sprach Französisch. Heli auch. Es ging nicht um den Inhalt, da hatte Heli gar nicht zugehört. Das wäre ihr viel zu anstrengend gewesen. Ihr reichten schon das Vokabellernen und die Grammatiktests.
Es war ihr Tonfall. Leise und devot klang plötzlich die lustige Claire. Vielleicht war es ja jemand von der Familie, der sie anmeckerte, weil sie sich nicht gemeldet hatte, oder so etwas, hatte sie überlegt. Was Claire wohl für eine Familie hatte? Komisch. Sie hatten noch nie darüber gesprochen. Wenn, erzählte sie eigentlich immer von ihren Freunden in der Schule, von dem Stress mit Mona-Mor, oder von Ben. Egal.

Heli schnappte sich ein Fotoalbum. Sie liebte Pauls Fotografien. Sie musste ihn nachher unbedingt piesacken, dass er mal eine Ausstellung machte, vor allem mit den Fotos aus Madrid.

Überall war er schon gewesen. In den architektonischen Lieblingsstädten, Chicago, Hongkong, Barcelona. Ganz irre Fotos waren darunter. Auf den ersten Blick war meist nicht zu erkennen, dass es sich um ein Gebäude handelte. Auch die Perspektive war oft schwer nachzuvollziehen. Man musste sich fast den Hals verrenken, um dahinter zu kommen. Gerade sah sie sich eine Straßenflucht - in welcher Stadt das wohl war? - an. Sie wollte sich nicht den Kopf verdrehen, sondern drehte das ganze Album, hielt es schräg. Es drohte ihr aus der Hand zu rutschen. Da fiel das Blatt heraus. Das Blatt mit den selbstgeschnipselten Wörtern. Eines ihrer Glanzstücke.

Sie lächelte, als sie das Blatt in Händen hielt. Aha, hier war also eine sentimentale Seite ihres Vaters. Dass er diesen Kinderkram von ihr aufbewahrte. Aber Moment - keinen dieser Zettel hatte sie je Mutter oder Vater gegeben oder geschenkt. Gehütet hatte sie sie wie ihren größten Schatz. Niemandem hatte sie sie gezeigt! Wollte sie doch so schnell wie möglich in die Geheimnisse des Lesens eingeweiht werden, um so die Welt der Erwachsenen kennenzulernen.

Die einzelnen Wörter sprangen sie klagend an.
‚Verräter', ‚hinfort'. Der anonyme Brief! Der Scheidungsgrund!

Claire kam mit dem Telefon in der Hand wieder ins Wohnzimmer, wo Heli auf dem Boden saß. Schnell knüllte sie das Papier zusammen und steckte es sich in ihre Jeans.
Heli wusste: Angriff war die beste Verteidigung. Erst einmal von sich ablenken.
„Alles okay? Du hast so komisch geklungen."
„Natürlich, ma petite."
Sie drehte sich zum Eingang.
„Ah, ich glaube, da kommt dein Vater. Dann können wir ja los."

Sie wollte mit ihm sprechen. Aber unter vier Augen. An dem Abend ergab sich keine Möglichkeit. Claire musste nicht einmal, wie sonst meist, zur Toilette, um sich ‚frisch' zu machen. Außerdem gingen sie immer zusammen, sie und Heli.
Ein paar Tage später war dann das Fest. Wohl kaum die geeignete Umgebung für ihre Beichte.
Jetzt war er tot. Sie konnte nicht mehr mit ihm reden.

„Hallo, Schätzchen."
Sie hatte nicht gehört, dass ihre Mutter etwas zu ihr gesagt hatte.
„Ja?"

„Ich sagte, wir sollten uns auf den Weg machen. Hanne und Martha sind sicher schon da."
Heli stand auf, nahm ihre Mutter in den Arm.
„Nicht wahr, Mona-Mor, wir können uns doch alles erzählen."
Mona schluckte. Was meinte das Kind nur? Aber Heli konnte doch nichts ahnen. Niemand kannte ihr Geheimnis.
Mona versuchte sie aufmunternd, dabei aber nicht zu fröhlich, anzulächeln.
„Natürlich, mein Schatz. Alles."

12.

Bevor sie den Trauerraum betraten, griff Hanne nach Marthas Hand. Als Martha ihr den Kopf zuwandte, blickte Hanne weiter gerade vor sich hin.
„Ich werde es schaffen, mein Kind, keine Angst."
Martha wusste nicht, ob sie sie oder Paul meinte, so fest richtete Hanne ihren Blick auf den Sarg.
Ein einfacher heller Kiefernholzsarg. Martha hatte sogar die Innenverkleidung entfernen lassen, natürlich unter heftigstem Protest des Bestattungsunternehmers. Es war aber nun mal Hannes Wunsch. Martha traute sich nicht nach dem Grund zu fragen, so bestimmt hatte Hanne es ‚angeordnet', duldete keinen Widerspruch.
Der Sarg war reichlich geschmückt. Überall lagen und lehnten Kränze. Eine merkwürdige Tradition. Der Anblick machte doch nur noch trauriger. Das Sinnbild des ‚ewigen Lebens', den Toten vor Unheil zu beschützen.
Martha hatte keinen Kranz anfertigen lassen. Sie war heute ganz früh schon hier gewesen. Hatte ihr Blumenbouquet, gebunden aus weißen Lilien und blauer Iris, vorsichtig auf den Sarg gelegt. Lange überlegte sie, was sie ihm auf eine Schleife schreiben lassen konnte. Sie entschied sich

für den Satz, den Paul ihr vor vielen Jahren in ihr Poesiealbum geschrieben hatte: ‚Edel sei der Mensch, hilfreich und gut. Danke mein Bruder'.

Mit seiner krakeligen Kinderschrift hatte er sich bemüht, mit möglichst wenigen Tintenklecksen in ihr Album den Goethe-Spruch zu schreiben. Der Vater hatte es ihm auf einem Extra-Blatt vorgeschrieben.
Heute gab sie ihm nun diesen ihr gewidmeten Spruch mit zurück auf seinen Weg. Zusammen mit den Blumen, die ihm mit ihren Düften das Paradies wünschten.
Ja, Paul war edel und hilfreich. Immer. Die Blumen lagen mittig auf dem Sarg. Da, wo ungefähr sein Herz sein musste.

Ach Schwesterlein, wenn du wüsstest. So unschuldig und tugendhaft, wie du mich immer gesehen hast, war ich nicht. Und die Heiterkeit, deswegen wohl die blaue Iris, stimmt's, die war doch oft nur aufgesetzt, kam nicht immer von Herzen, denn das war voller Schuld…

Hanne trat einen Schritt auf den Sarg zu. Vorsichtig griff sie nach der Schleife mit Marthas Spruch.
„Von dir."
Martha nickte.
„Wie schön du das alles hast herrichten lassen. Das gefällt ihm."

Hanne sprach in der Gegenwart, als ob Paul noch lebte, nicht tot sei. Martha sah sie besorgt von der Seite an.
„Mutter…"
Hanne fiel ihr ins Wort.
„Ich erinnere mich noch genau, wie stolz er damals war, als du ihm dein Poesiealbum gegeben hast. Er wollte unbedingt auch so ein Büchlein haben. Vergeblich versuchte ich ihm zu erklären, dass das nichts für einen Jungen sei. Er bettelte so lange, bis dein Vater ihm schließlich eines Tages eines schenkte. Als er es dann hatte, ließ er aber niemanden hineinschreiben, sondern benutzte es als Tagebuch."

Stimmt. Doch schrieb ich nur einen einzigen Tag hinein. Und diesen immer wieder. Den Tag, als Vater starb. So lange, bis ich glaubte, mit meiner Schuld leben zu können…

Martha konnte nichts erwidern. Wusste nicht, was sie zu dieser Geschichte sagen sollte. Sie erinnerte sich nicht.
Draußen klappte die Tür. Die Sargträger öffneten die Türen und ließen die ersten Trauergäste herein. Zusammen mit Hanne drehte sie sich um. Sie wollten die Kondolenzen vor der Beisetzung entgegennehmen. Das hatte sie auf die Karten drucken lassen. Hoffentlich hielten sich

die Leute daran. Es gab nichts Entsetzlicheres, als an einem offenen Grab zu stehen und sich die Beileidsbekundungen anzuhören. Es machte so hilflos. Oft wussten die Leute nicht, was sie sagen sollten. Manche kannte Hanne sicher nicht einmal. Und wie sollten sie Aufstellung nehmen.

Sie hatte mit Hanne über den Ablauf sprechen wollen. Doch die meinte, ob sie da etwas festlegten oder nicht, das wäre nicht wichtig für Paul. Sie müssten sich auf sich selbst besinnen, alles tun, um es sich selbst zu erleichtern.

Martha war erstaunt. Das klang so kühl, so überlegt. Sie wartete immer noch darauf, dass Hanne in Tränen ausbrechen würde oder einen Zusammenbruch bekam.

Gestern Abend noch hatte sie mit Dr. Nord telefoniert und sich vergewissert, dass er heute Morgen auch anwesend sei.

‚Selbstverständlich', sagte er. Dass sie sich um Hanne nicht sorgen solle. Die hätte schon in ihrem Leben ganz andere Dinge überstanden. Das würde sie auch schaffen. Ihr Körper sei stark.

Martha wäre am liebsten durch die Leitung gebraust und hätte den armen Doktor für seine harsch-klingenden Worte zur Rede gestellt. Wie sprach er denn über ihre Mutter? Doch ließ sie sich nichts anmerken, bedankte sich bei ihm und legte den Hörer auf. Sicher war sie viel zu aufgewühlt und empfindlich und bekam daher alles in den falschen Hals.

Heli und Mona kamen gerade herein. Mona sah übernächtigt aus. Sicher hatte sie nicht geschlafen. Heli lief auf Hanne zu, umarmte sie, als wollte sie sie nie wieder loslassen.

„Kind, du erdrückst mich ja. Komm, hier an meine Seite, lass uns die Hände halten."

Doch bevor Heli Hanne die Hand gab, wischte sie sich noch einmal übers Gesicht. Sie hatte geweint.

Wie gut das tun würde, jetzt weinen zu können und zu dürfen, dachte Martha.

Wann hatte sie das letzte Mal geweint? Wann waren ihre Tränen so ehrlich und unschuldig wie die von Heli gewesen? Nie? Die Tränen vor ein paar Tagen im Badezimmer galten nicht Paul, sie galten dem Vater.

Sie wollte mit Mona sprechen, wo sie sitzen würden, als die ersten Trauergäste den Raum betraten. Menschen, deren Gesichter sie meinte kaum wieder zu erkennen, so sehr stand ihnen der Verlust ins Gesicht geschrieben.

Einbildung?

Jeder von ihnen würde Paul auf seine Art vermissen. Und für jeden war der empfundene Schmerz stark.

Wäre es doch nur schon vorbei.

Über die Musik hatte sie lange nachgedacht. Was sollte gespielt werden? Orgel? Paul war der Kirche nie besonders verbunden gewesen.

Vor Jahren erzählte er ihr, dass er an gar nichts glaube, schon gar nicht an den Heiligen Geist.

Was oder wer das sein sollte? Eine bloße Erfindung, so wie das Gespenst von Canterville, um den Menschen ein schlechtes Gewissen zu geben. So habe er beschlossen an gar nichts mehr zu glauben. Dann müsse er sich auch nicht von etwas befreien, das es nicht gab.
Eine eigene Logik. Pauls Logik.
Sie hatte versucht dagegen zu argumentieren. Sachlich, ruhig, so wie sie in den Vorstandsvorsitzungen auch immer ruhig blieb. Meist schaffte sie es, die Menschen zu überzeugen. Paul nicht. Weil auch sie sich nicht sicher war, woran sie glaubte.
Deshalb keine kirchliche Bestattung. Hanne war sofort einverstanden.

Claire gab den Ausschlag für die Musik. Etwas Französisches. Gemeinsam entschieden sie sich für Edith Piaf. Wie hatte es Paul manchmal herausgegrölt, völlig falsch und schief, dieses „Non, je ne regrette rien". In dem Sommer, als sie im Ausland studierte. Hatte ihren Anrufbeantworter damit vollgesungen. Als nächstes war er dann zu Jacques Brel übergewechselt „Ne me quitte pas". Damals lachte Martha sehr, als sie das Band abhörte.
Das würde er mögen.

Natürlich gefällt mir das. Aber du hättest dir gar nicht so viel Mühe machen müssen. Im Auto habe ich eine

CD mit meinen Lieblingsliedern. Die hättest du einfach einlegen können.
Das war wohl meine schönste Zeit. Die Zeit mit den französischen Chansons. Stundenlang konnte ich die hören. Prägte mir den Text ein. Lebte dieses Lebensgefühl, das sie versprühten. So befreiend. Gelacht habe ich seitdem nie mehr so ehrlich. Diese Mischung aus Melancholie und Selbstironie. Damit konnte ich meine Einsamkeit überwinden, die mich manchmal herunterzuziehen drohte in ein nicht enden wollendes tiefes Loch, ein Wasserloch…

Hanne schüttelte wildfremden Menschen die Hand und hörte sich deren anteilnehmende Worte an, die an ihr vorüberzogen, durch sie hindurch klangen, ohne dass sie sich ihren Sinn hätte merken können. Wie wenig sie von ihrem Sohn wusste. Wer war das alles? Wo blieb denn Claire?
Wie absurd das Ganze. Fiel jetzt der Tag des Begräbnisses auf den geplanten Hochzeitstermin. Furchtbar für Claire. Keiner hatte davon gesprochen. Vielleicht hatten die anderen nicht daran gedacht. Hoffentlich hatte es auch Claire vergessen. Womöglich käme sie sonst nicht. Doch sie gehörte dazu. Auch wenn ihr anfangs die Verbindung nicht behagte, so war sie doch die Frau an Pauls Seite. Hatte sie schließlich akzeptiert. Sogar gern gehabt. Sie wisperte Mona, die neben ihr stand, zu.

„Wo bleibt denn Claire? Wollte sie allein kommen?"
„Heli hat vorhin noch mit ihr telefoniert. Sie wird gleich hier sein."
Hanne drückte wieder jemandem die Hand. Ganz schweißig und klamm fühlte die sich an. Hätte sie doch nur ihre Handschuhe anbehalten. Was hatte ihr Mann ihr immer eingeschärft? Nicht allen und jedem die Hand geben. Der reinste Bakterienherd sei das.
Doch es würde vorübergehen. Ihr Leben lang war sie tapfer gewesen. Das hatte ihr geholfen. Vielleicht hatte Heli etwas davon geerbt, ganz gerade und aufrecht stand sie neben ihr, mit durchgedrücktem Rücken. Erwachsen. Hanne sah sie an. Die Augen hatte sie von Mona. Heli versuchte ein Lächeln.
„Manche reden wie mit einem Baby mit mir, Großmutter."
„Wundere dich nur, meine Große."
Heli schaute wieder nach vorn. Ja, wundern. Über einen blöden Zettel, der alles bewirken konnte. Wieso hatten ihre Eltern ihr nie gesagt, wieso sie sich trennten. Warum hatte sie selbst nie gefragt? Vielleicht wäre dann alles anders gekommen.

Zerbrich dir nicht den Kopf. Es war nicht der Brief. Es waren die Geheimnisse, meine Kleine. Manche Dinge sind unabwendbar. So wie der Tod…

Heli hatte sich den Namen des Bestattungsunternehmens gleich aufgeschrieben, als Mona ihn am Telefon gegenüber Martha wiederholt hatte.
Sie war hingefahren. Sprach mit dem Mann. Es hatte sie wenig Überzeugungskraft gekostet, ihren Wunsch durchzusetzen. Er zeigte ihr den Sarg. So kühl wirkte der. Sie wusste zuerst nicht, warum sie ihn hatte sehen wollen, den Sarg. Nicht ihren Vater. Davor fürchtete sie sich. Einen Toten. Fragte auch nicht, wo er jetzt war.
Der Mann kam ihrem Wunsch nach. Sie bemalte den Boden des Sarges. Das würde niemand sehen, niemand wissen. Paul sollte nicht frieren in der dunklen Erde. Er sollte nicht allein sein. Für einen kurzen Augenblick kam sie sich albern vor. War das nicht kindisch? Egal, wenn sie es jetzt nicht täte, würde sie es vielleicht für den Rest ihres Lebens bereuen. Also malte sie. Die Heilige Caterina von Siena. Sie konnte keine Rücksicht darauf nehmen, dass ihr Vater mit der Kirche nicht viel ‚am Hut' hatte, wie er es immer ausdrückte. Doch war sie sich sicher, dass er nichts dagegen hätte, wenn sie sein letztes „Bett" etwas verschönern würde.
Lange überlegte sie, was sie ihm mit auf den Weg geben sollte. Caterina war ihr eingefallen. Heli war nicht gläubig. Doch ihr gefiel der Gedanke, dass man jemanden auf dem letzten Weg zum Geleit hatte.
Es war nicht nur das ‚Verschönern', es ging um das ‚Nicht-Allein-Sein.' Sie würde ihn auf sei-

nem Weg begleiten. Daran wollte Heli glauben. Das half ihr. Paul würde es auch helfen, davon war sie überzeugt.
Ihr kleines Geheimnis kannte niemand. Nur der Mann vom Beerdigungsinstitut. Und der versprach, niemandem von ihrem Gemälde zu erzählen. Ein recht schweigsamer Mensch, der ihren sicher ungewöhnlichen Wunsch nicht kommentierte. Viel reden konnte er mit seinen ‚Kunden' ja auch nicht. Da wurde man wohl eher einsilbig.
So wie Hanne jetzt. Kein Wort hatte sie bisher zu den Trauergästen gesagt. Immer nur mit dem Kopf genickt.
Voller Entsetzen schrie sie vorgestern auf, wehrte sich vehement, als sie hörte, dass ein Trauerredner über Paul sprechen sollte. Martha und Mona versuchten sie zu beschwichtigen. Sie alle fühlten sich doch nicht imstande, eine Rede zu halten. Da hatte Martha die Idee mit dem Trauerredner gehabt. Schließlich müsse doch etwas gesagt werden.
Da stimmte ihr Hanne zu. Aber nicht von einem Trauerredner! Dem ginge es doch nur ums Geld, nicht um den Menschen.
Heli schlug schließlich vor, statt einer Rede, zwischen den Musikstücken Gedichte lesen zu lassen. Nicht gerade den „Erdbeermund" von Francois Villon, vielleicht eher Heinrich Heine und schon hatte sie angefangen zu rezitieren: „Ich hab' in meinen Jugendtagen, wohl einen

Kranz auf dem Haupt getragen". Sie liebte dieses Gedicht. Paul hatte ihr die CD geschenkt, auf der ein Schauspieler (ihr sagte der Name nichts, aber Paul schwärmte von ihm und sogar Mona war er ein Begriff, dieser Oskar Werner), so gefühlvoll und echt die Verse sprach.

Hanne war von ihrem Vorschlag begeistert. Da Mona und Martha keine Möglichkeit mehr sahen, Hanne zu überzeugen, sagten sie dem Trauerredner ab und stellten die Gedichte, die etwas über Paul und seine Art zu denken aussagten, zusammen. Heli suchte sie endgültig aus. Das machte sie stolz.

Johanna schob sich an den Trauergästen vorbei. Wo sollte sie hin, mit sich, mit dem Kranz? Suchend und fragend zugleich sah sie Martha an. Die deutete mit dem Kopf hinüber zum Sarg. Klar, natürlich, sie musste den Kranz da hinlegen. Aber wo genau? Gab es da eine ‚Platzordnung'?

Martha löste sich von der kleinen Gruppe, die sich in Reih und Glied aufgereiht hatte und kam auf sie zu.

„Leg ihn einfach ab, Johanna. Und komm zu uns. Du gehörst mit dazu."

Johanna drückte den Kranz einem der Männer in den dunklen Anzügen in die Hand, der inzwischen hilfsbereit auf sie zugekommen war. Das ‚Stillschweigen' stand ihm ins Gesicht geschrieben.

Johanna stellte sich zu den anderen. Was für eine absurde Situation. Da wurde sie, die Betrügerin, mit in den Kreis der Familie aufgenommen. Verzeih, Paul.
Alle standen sie stumm da, in ihren Gedanken. Wo immer die auch jeweils waren.

13.

Zu spät, zu spät. Immer diese Hektik. Doch es war wichtig gewesen. Der erste Schritt getan.
Ganz gelassen war sie gestern Abend, als ihr Mann sie anbrüllte: ‚Sie solle das Haus verlassen, ihn mit ihrem Psycho-Beziehungsmist endlich in Ruhe lassen. Sie sei ein verwöhntes Luder, das immer nur nehmen würde. Und die Kinder bekäme sie auch nicht. Das könne sie gleich vergessen.'
Sie stand auf, hob stolz den Kopf und meinte, dass sie sich von ihm nicht mehr einschüchtern lasse und dass er von ihrem Anwalt hören werde.

Als sie dann im Gästezimmer war, brach sie in Tränen aus. Dieser verdammte Mistkerl schaffte es doch immer wieder, ihr ein schlechtes Gewissen einzureden. Natürlich würde es nicht einfach werden. Für die Kinder nicht und für sie auch nicht.
Das stand gar nicht zur Diskussion, dass die Kinder bei ihm blieben. Was hatte sie denn die letzten fünfzehn Jahren gemacht: sie großgezogen, in die Arme genommen, mit ihnen gelacht. Er hatte für sie nie Zeit, wollte sich nicht die Zeit nehmen. Würde das auch jetzt nicht mit seinen Berufsprioritäten vereinbaren können:

ein Leben mit Kindern. Dieses emotionslose Monster.
Gut, dass er ihre Tränen nicht sah, dass sie erst hier in diesem Gästezimmer anfing zu weinen.
Ein Gästezimmer, das sie nie in Anspruch nahmen, da sie keine Freunde hatten. Die Geschäftsfreunde ihres Mannes übernachteten, wenn sie mal zu Besuch kamen, im Hotel.
Freunde wollte sie künftig haben.

Der Anwalt heute Morgen sprach ihr Mut zu. Das wäre doch alles nur halb so wild, versicherte er ihr, als er ihre Tränen sah. Natürlich hatte sie Angst vor der finanziellen Situation. Doch lieber lebte sie mit ihren Kindern glücklich und heiter in einer kleinen Wohnung, als dass sie weiter vor sich hindämmerte. Grob gerechnet, wie es der Anwalt überschlagen hatte, würde sie gar nicht so schlecht dastehen. Fürs Erste zumindest. Bis sie keinen Unterhalt mehr bekam, hätte sie vielleicht ihre Ausbildung fertig und würde ihr eigenes Geld verdienen. Raus sein aus der Abhängigkeit. Die Ehe – eine mathematische Aufgabe?
Das Gespräch hatte sie aufgewühlt. Wie konnte es angehen, dass man über die eigentlichen Bedürfnisse eines Partners dermaßen hinwegging.
Verweigerung von Kommunikation, hatte es der Scheidungsexperte genannt. Sie sei da kein Einzelfall. Als sie ihn fragend angesehen hatte und auf eine Erklärung wartete, hatte er nur lächelnd

den Kopf geschüttelt. Nein, eine Begründung hierfür könne er ihr leider nicht geben. Im Grunde kannte sie die selbst.

Das Gespräch dauerte länger als sie angenommen hatte. Zum ersten Mal war sie dankbar für den Porsche. Sie tänzelte geradezu durch den Verkehr. Vielleicht fingen sie ja nicht pünktlich an.

Als sie auf den Parkplatz einbog, wurden gerade die Türen zur Kapelle geschlossen.

Emma sprintete in ihrem engen schwarzen Kleid den Weg zur Kapelle entlang und witschte gerade noch rechtzeitig hinein. In der hintersten Reihe nahm sie Platz neben einer jungen Frau. Sie atmete tief durch. Zur Ruhe kommen. Das war hier der richtige Ort dafür. Pauls letzte Ruhe. Wie hatte sie ihn nur all die Jahre nicht sehen, nicht sprechen können.

Neugierig sah sie sich um. War es richtig, hierher gekommen zu sein? Sie sah ein bekanntes Gesicht. Da vorne, das musste Martha sein und Hanne, seine Mutter. Daneben war wohl seine Tochter. Sah ihm gar nicht ähnlich, kam wohl eher nach der Mutter.

Emma ließ ihre Blicke über die Reihen schweifen. Der Raum war voll. Wer käme wohl zu ihrer Beerdigung? Fast hätte sie gelächelt. Natürlich all die Freunde, die sie ab jetzt kennen lernen würde.

Heute Morgen sprach sie seit zehn Jahren das erste Mal mit ihrer Nachbarin. Eine nette Frau.

Die lud sie zum Kaffee ein. Aber sie hatte keine Zeit - ihr Anwaltstermin. ‚Dann ein andermal, oder ob Emma einmal Lust habe, mit ins Kino zu gehen. Ihr eigener Mann sei oft beruflich verhindert, und sie sei eine begeisterte Kinogängerin. Aber allein mache das nicht so viel Spaß. Ganz spontan könne man sich doch da zusammentun', meinte diese nette Frau. Sicher, erwiderte Emma. Sie freute sich. Sie musste einfach mehr auf die Menschen zugehen. Sich öffnen. Dann wäre sie bei ihrer Beerdigung auch nicht allein.
Wer wohl die junge Frau neben ihr war? Verstohlen musterte sie sie von der Seite. Sie weinte.
Huch! Die sah ja aus wie – ja, wie wer? An wen erinnerte sie dieses Gesicht? Diese Tränen? Es war ihr so vertraut. Kannte sie sie? Vielleicht vom Tennisplatz? Oder vom Einkaufen?

Eine Stimme war zu hören. Sie trug ein Gedicht vor. Wo war der Mann? Emma konnte nichts sehen, kein Pult, kein Mikrophon. Es kam vom Band. Befremdlich. Aber nicht unpersönlich. Aus ihrer Schulzeit erinnerte sie sich noch an die Verse. Wer hatte sie nur geschrieben?
Paul mochte Gedichte. Besonders Liebesgedichte. Er zeigte ihr einmal eines, das sie sehr rührte. Als sie von ihm wissen wollte, von wem es sei, wollte er den Verfasser nicht preisgeben. Emma vermutete damals, das er es selbst gedichtet hat-

te. Kurz überlegte sie, ob sie ihn damit aufziehen sollte, ließ es dann aber. Das Gedicht war sehr schön, zu schön.
Die Stimme verhallte. Ein französischer Chanson setzte ein. Edith Piaf: ‚Non, je ne regrette rien'.
Emma lehnte sich in der Bank zurück. Würde sie das auch nach ihrer Scheidung sagen können?
Die Frau neben ihr, fast noch ein Mädchen, drehte sich zu ihr, sah sie fragend an: ein Taschentuch? Ihr leichter französischer Akzent war nicht zu überhören.
Das Baguette-Brötchen! Das konnte doch nicht sein! Sie war doch tot. Vor vielen Jahren so plötzlich gestorben, noch bevor Emma zu ihr fahren konnte. Damals war sie beinah froh gewesen. Doch es gab keinen Zweifel. Sie sah aus wie die französische Austauschschülerin. Wie kam sie hierher?

Du musst dich irren, Emma! Die Erinnerung spielt dir einen Streich. Das ist über zwanzig Jahre her. Ich hätte das wissen müssen. Schließlich war ich eine Nacht mit ihr zusammen. Du hast uns noch zusammengeführt. Mir ihre Hand in meine gelegt. Tanzen sollte ich mit ihr. Aber ich sah nur ihre Augen, ihre schönen großen grünen Augen, mit diesem leichten Hang zur Melancholie. Als wir zusammen schliefen, bin ich in diesen Augen versunken. Sie schaute mich die ganze Zeit an, senkte nicht einmal den Blick, verschloss sich mir nicht. Ich konnte in diesem Grün versinken, wie ich später in keiner anderen Frau versunken bin...

14.

Es war vorbei. Der letzte Ton von Brels ‚Ne me quitte pas' verhallte. Die Menschen vor ihr standen auf, verließen langsam den Raum.
Sie drängte sich dazwischen. Sie musste gehen, ihn verlassen. Für immer. Mit niemandem wollte sie mehr sprechen. Mit keinem. Sie konnte sich vorne am Stand ein Taxi nehmen, einsteigen, zum Flughafen fahren und nach ihrer Ankunft in Frankreich auf direktem Weg zu Schwester Josette gehen. Nach Hause.

Die anderen würden sie nicht vermissen. Vielleicht wären sie eine Zeit lang irritiert. Doch was war eine kurzfristige Irritation gegen ihr Leben vor Paul.
Ein Leben lang auf der Suche. Sie hatte nicht gewusst, wohin der Weg sie führen würde.
Erst mit Pauls Tod ergab alles einen Sinn, schloss sich der Kreis.

Jetzt wusste sie, warum sie damals, nach Mamies Tod, ins Kloster gegangen war.
Dort hatte sie rasch die Aufgabe übertragen bekommen, den Kräutergarten zu pflegen. Hatte viel gelernt. Schwester Josette brachte ihr alles bei, was sie wissen musste, um sich von Paul auf natürliche Weise zu lösen.

Natürlich hatte sie daran noch nicht gedacht, als sie nach ihm suchte. Nicht eine Sekunde. So weit hatte sie nie gehen wollen. Aber sie durfte ihn nicht heiraten. Auf keinen Fall. Sie war einem anderen versprochen. Schwester Josette würde sie verstehen.

Sie spürte, wie ihr ein paar Männer nachblickten. Männer wie Paul. Doch keiner von ihnen war ihr Vater. Sie hatten ihr nicht die Mutter genommen. Die Mutter, die sie nie hatte lieben dürfen, deren Hände sie nicht streicheln konnte, die sie nicht trösten und beschützen hatte können, weil sie sich selbst nicht schützen konnte.

Ihr war gänzlich unklar, wie sie eines Tages wieder hätte fortgehen können. Paul liebte sie, wollte sie nicht mehr loslassen. Einmal sagte er zu ihr, dass sie ‚sein Leben' sei. Sein ‚Nicht-Gelebtes'. Wie hätte alles anders werden können, wenn – doch es gab ab dem Moment kein ‚wenn' mehr.

Kurz darauf war sie in den Garten gegangen. Sie sah sie vor sich, die Lösung: blauer Fingerhut und Eibe. Es war leicht. Und mit Sicherheit tödlich.

Im Grappa konnte Paul nichts schmecken. Der Zeitpunkt war der richtige. Sie prostete ihm zu, lächelte ihn an. Das letzte Lächeln, das sie ihm schenkte. Er lächelte zurück. Dieses jungenhafte Lächeln, das sie so an ihm mochte, und das sicher auch ihre Mutter an ihm geliebt hatte.

Aber er sollte nicht mehr lächeln.

Er sollte sühnen, wie auch sie jetzt den Rest ihres Lebens Buße tun würde.
Niemand folgte ihr. Die anderen waren noch zu sehr in ihrem eigenen Schmerz gefangen, als ihren Fortgang zu bemerken.
Sie saß im Taxi. Obwohl sie sich vorgenommen hatte, nicht zu weinen, liefen die Tränen. Sie würde jetzt weinen, bis sie zu Hause angekommen war. Zuhause, bei Schwester Josette und ihm.

15.

Das helle Licht. Es wurde immer heller und lichter. Wohlige Wärme. Er war fort. Er konnte sie nicht mehr sehen, ihnen kein ‚Adieu' mehr zurufen.

Er wusste, sie konnten ohne ihn leben. Besser als mit ihm. Ihm, dem Schuldigen.

Keiner vermutete das von ihm. Er hatte gelebt. Und geliebt.

Dass er erst im Sterben seine Lieben kennen gelernt hatte, akzeptierte er. Nahm es mit auf seine Reise.

Er, der Ungläubige, wurde mit nichttraditionellen Riten beerdigt. Fragen, die er Hanne nie hatte stellen können, wurden beantwortet. Er würde ihr gern einen Brief schreiben, und Martha und Heli, ihnen allen, die ihn liebten, ohne zu wissen oder auch nur zu ahnen, mit wem sie gelebt hatten, wen sie liebten. Wenn sie sich wieder sahen, würden sie es wissen.

Er, ein kleiner Junge, der Sehnsüchte anderer erfüllen sollte, wo er doch selbst so viele hatte. Die große Sehnsucht seiner Kindheit, wie ein Fisch im Wasser zu sein, die ihm der Vater nahm.

Die Strafe war hoch, viel zu hoch. Und unbeabsichtigt. Das ahnte er damals aber nicht.

Alle glaubten, Martha müsse auf ihn aufpassen. Doch verhielt es sich genau umgekehrt; obwohl er der Jüngere war. Er, der kleine Benjamin. Er wusste, wie seine Mutter ihn insgeheim nannte. Ihr Geheimnis ahnte er jedoch nicht.

Nachdem er an jenem verhängnisvollen Nachmittag den Ertrunkenen mimte, um Martha abzulenken, trat Hanne spät nachts in sein Zimmer. Sprach ein Gebet. Zumindest glaubte er, dass sie betete. Auch wenn er kein Wort verstand. Leise murmelte sie in einer für ihn fremden Sprache minutenlang vor sich hin. ‚Benjamin' war das einzige Wort, das er verstand. Und auch wieder nicht. War seine Mutter jetzt durchgedreht? Er hieß doch Paul.

Bis zu seinem Tod schenkte er diesem lange zurückliegenden Ereignis keinerlei Bedeutung. Hanne war am nächsten Morgen so wie immer, nur schaute sie vielleicht ein bisschen trauriger. Sie verzieh ihm seinen Streich.

Doch der Vater, der gestrenge Herr Papa, der ließ das nicht durchgehen. Er strafte ihn auf seine Weise. Machte ihm in einem ‚von-Mann-zu-Mann-Gespräch' klar, dass er sich nun auch wie ein ‚richtiger Mann' verhalten solle. Die Konsequenzen tragen müsse.

Aber wie verhielt sich ein Mann? Paul wusste es nicht. So tat er das, von dem er glaubte, dass es von ihm erwartet wurde, um seinen Fehler wieder gutzumachen. Er setzte sich nicht zur Wehr. Er war machtlos. Ein kleiner Junge, auch wenn er sich schon erwachsen fühlte. Sein größter Wunsch damals war doch, in dieser Welt mit dazu zu gehören. Er gab kampflos nach. Trat aus dem Schwimmverein aus, rechtfertigte sich vor Familie, Trainer und Freunden und hoffte so auf die Anerkennung und Achtung des Vaters.

Er täuschte sich. Monatelang hielt er an dieser Hoffnung fest. Der Vater beachtete ihn nicht weniger aber auch nicht mehr als zuvor. Machte ihn durch Schweigen und Desinteresse erneut zum Kind. Gab ihm das Gefühl, als Sohn versagt zu haben.

Sein Traum war ausgeträumt. Er sollte die Medaillen, die in seiner Phantasie bereits aufgereiht nebeneinander an der Wand hingen, nie mehr gewinnen können.

Er hatte sich schon ausgemalt, wie er Interviews gab, weise lächelnd auf die Frage nach seiner ersten Medaille. Die so ein grausames Ende genommen hatte. ‚Daran könne er sich nicht erinnern', würde er dann antworten. Martha würde dann wissen, dass er ihr verziehen hatte.

Dem Vater verzieh er nie. Der Fremde, der Menschen angeblich heilen konnte, mit stinkenden Gerüchen, die einem die Luft zum Atmen nahmen, so wie er selbst ihm seinen Traum genommen hatte.

Vieles in seinem Leben hatte er nicht geschafft. Urteilte ohne ein Recht dazu zu haben. Was wä-

re so schlimm gewesen, wenn Martha sich mit Robert eingelassen hätte? Und was wäre alles anders verlaufen in ihrer beider Leben, hätte er nicht den ‚Helden' gespielt.
Mit welchem Recht mischte er sich in Marthas Liebe ein? Aber er tat es. Und damit begann eine folgenschwere Verkettung, der Verlauf seines Lebens war nicht mehr aufzuhalten, und damit das Schicksal, das er sich selbst bestimmte.

Als der Vater ihm eröffnete, dass er nicht mehr am Schwimmtraining teilnehmen sollte, wollte Paul dem Vater auch etwas nehmen. Auch gemein sein.
Er wusste nicht, wonach er suchte, als er eines Nachts hinunter in die Praxis ging. Alles schlief. Doch er, der unbedarfte ‚kleine' Junge, wusste nur, dass er etwas finden wollte, in dem Besprechungszimmer. Mit der Taschenlampe in der Hand saß er am Schreibtisch des Vaters. Öffnete eine Schublade nach der anderen. Schaute suchend hinein.
Eine war verschlossen. Mit einem kleinen Draht war es ein Leichtes für Paul, die Lade zu öffnen.
Einen Ordner voll mit Briefen, Liebesbriefen, hielt er kurz darauf in Händen. Ordentlich sortiert nach Datum. In denen dem Vater immer wieder von fremden Frauen ihre Liebe versichert wurde, und wie sie sich freuen auf eine gemeinsame Zeit in der Heimat des Vaters. Sie würden auf ihn warten, bis er soweit sei, sich

von seiner Familie zu trennen. Verrat! Verrat an der Mutter. Betrug an ihnen allen.
Der damals ‚kleine' Paul beschloss, den richtigen Zeitpunkt abzuwarten, um den Vater zu strafen.
Es sollte Jahre dauern.
Fast hätte er sein Ziel aus den Augen verloren.

Emma, die ihn die Schulzeit über begleitete, weckte erste zarte Liebesgefühle in ihm. Doch sie zeigte ihrerseits keinerlei Interesse. Im Gegenteil. Bei der ersten heimlichen Party, drückte sie ihm die französische Austauschschülerin an die Hand. Das stille Mädchen, in dessen Augen er versank und sich zum ersten Mal als Mann fühlte. Nur an dieses Gefühl und die Augen erinnerte er sich.
Es schmerzte ihn monatelang, dass er nie wieder etwas von ihr hörte. Paukte eifrig Französisch für ein Wiedersehen. Hörte diese wunderbare Musik, die sie auch vorhin bei seiner Trauerfeier spielten. Wagte nicht, Emma nach dem Mädchen zu fragen.
Er stürzte sich in Liebesabenteuer, um zu vergessen. Es gelang ihm erst bei Mona, deren Geheimnisse er nie ergründete. Er musste gehen, um sie nicht zu verletzen. Es fiel ihm schwer. Betrachtete es als Strafe, dass seine kleine Familie zerbrach, so wie er damals der Familie den Vater genommen hatte.
Er verließ Heli, die doch noch seines Schutzes bedurfte. Doch er konnte sie nicht beschützen.

Nicht er, der sich selbst nicht hatte schützen können. Für das Kind, das ihm manchmal so fremd war, war es besser, seinen Weg allein zu finden und zu gehen. Mit Mona. Sie bildeten eine Einheit. Oft stand er daneben. Auf der Suche nach der bedingungslosen Liebe. Versuchte zu verdrängen, mit Sport. Manchmal gelang es. Beim Schwimmen. Wie stolz er auf Heli war, als sie das erste Mal durch das Becken tauchte. Da war er ihr nah.
Sie hatten eine gute Zeit.

Johanna war ihm in diesen Jahren ein treuer Freund gewesen. Tröstete ihn mit ihrer forschen Art, ohne es zu wissen. Er brauchte ihre Freundschaft und ihre Anerkennung.
Paul wusste, dass sie ihn betrogen hatte. Er sprach es nie aus. Es gelang ihm nicht, ihr zu helfen. Seit Jahren bewahrte sie das Geld in ihrem Schreibtisch auf. Was für eine Verschwendung! Doch es beruhigte ihn, dass auch sie mit einer Schuld lebte. So war er nicht allein.
Wenn er noch lachen könnte, hätte er jetzt laut losgeprustet. Daran musste er sich erst gewöhnen. An dieses innere Lachen. Fühlte sich gut an.

Zum ersten Mal seit dem Unfall hatte er das Gefühl, wieder tief durchatmen zu können. Obwohl er nicht mehr existierte.

Weit entfernt spürte er seinen Vater. Jetzt war er bereit, zu ihm zu gehen.
Damals konnte er es nicht, stand da und sah den Vater sterben, ohne ihm zu helfen.
Er empfand diesen Urlaub, ‚Männerurlaub' nannte es der Vater, als Qual.

Mit einer kleinen Propellermaschine flogen sie nach Helsinki. Finnland, das Land der Männer. Der Vater wollte ihm Natur-Pur zeigen, kein Survival-Urlaub, den Ausdruck gab es damals noch nicht. Ihn auf den rechten Pfad bringen, einen ‚ganzen Kerl' aus ihm machen. Das äußerte er zumindest gegenüber Hanne beim Abflug am Flughafen.
Während des Fluges stellte sich Paul schlafend. Er wollte nicht mit seinem Vater sprechen, mit diesem Mann, dessen Leben er kaum kannte. Was sollte er mit ihm reden? Ihn auf die Briefe ansprechen?
Unverständnis auf beiden Seiten.
Die erste Nacht verbrachten sie in Helsinki in einer kleinen Pension. Die körperliche Nähe im Doppelbett war für Paul fast unerträglich.
Am nächsten Tag machten sie sich mit einem Mietwagen auf den Weg nach Suomussalmi. Für Paul ein unaussprechlicher Name. Dem Geschichtsvortrag des Vaters konnte er nicht folgen. Der dozierte die zwölfstündige Autofahrt mit einem für Paul unerklärlichen Enthusiasmus über den finnisch-sowjetischen Winterkrieg.

Paul sprach kein Wort. Starrte in seine Olympia-Bücher und blickte nicht einmal aus dem Fenster.
Als es anfing zu dämmern, machten sie Rast. An einem kleinen Parkplatz, über dem Wolken von Mücken waberten. Freiwillig blieb Paul, nachdem er überall gestochen worden war, im Auto sitzen, bis der Vater seine Vesper verzehrt hatte.
An einem kleinen See, in einer einfachen Holzhütte, schlugen sie ihr Nachtlager auf. Auch hier gab es riesige Schwärme von blutrünstigen Stechmücken. ‚Minivampire' nannte Paul sie in seiner Verzweiflung, hatte nicht die geringste Chance, sich ihrer zu erwehren. Er musste weg, wollte nicht mit seinem Vater zwei Wochen allein beim Angeln verbringen.

Nach zwei Tagen glaubte Paul, der Vater habe ein Einsehen. Stundenlang hockten sie schweigend am See, mit ihren Angelruten. Aßen morgens, mittags und abends den selbstgefangenen Zander oder Hecht.
Paul hasste Fisch. Zumindest wollte er keinen essen. Für ihn war er der König des Wassers, das er so liebte. Schwimmen durfte er nicht. Das verbot ihm der Vater aufs Entschiedenste. So hatte er jeden Tag aufs Neue ein Paradies vor Augen, das er nicht betreten durfte.
Am dritten Tag schlug der Vater eine Moorwanderung vor. ‚Ein bisschen Abwechslung', ein bisschen ‚körperliche Ertüchtigung'.

Paul hatte keine Wahl. Während der Vater vorausging und über das Sumpfgebiet an und für sich und dieses im Speziellen philosophierte, taperte Paul - gottergeben in sein Schicksal - hinterher. Noch immer verstand er diese Strafe nicht. Wofür?
Hier, in diesem verlassenen Gebiet, sollte er zum ‚Manne' reifen? Wie nur? Indem er den Spuren seines Vaters folgte?
Es war neblig an diesem Morgen. Paul hatte Angst in dieser schaurigen, düsteren Landschaft. Jeder Schritt erzeugte schmatzende Geräusche. Immer wieder drehte er sich um, in der Furcht, ein Bär könne hinter ihnen auftauchen. Er fiel zurück, ahnte den Vater kaum noch durch den dichten Nebel. Wieder schmatzende Geräusche. Dann Stille.
Hinter einer Wegbiegung holte er auf. Wenige Meter vor ihm der Vater. In einem Wasserloch. ‚Tückisch und todbringend', hatte der Vater am Abend zuvor erzählt. ‚Du musst ganz genau aufpassen, wohin du den nächsten Schritt setzt.' Paul hatte auch diesen Vortrag wieder als ‚erzieherische' Maßnahme gewertet, der geschilderten Gefahr keinerlei Bedeutung zugemessen.

Jetzt stand der Vater vor ihm. Bis zur Brust eingesunken.
Er rief ihm zu, er solle stehen bleiben. Genau da, wo er sei. Sich nicht bewegen. Aber sich umschauen, ob er einen langen Ast sähe, den er

ihm reichen könne. Doch Paul sah nichts. Keinen Ast weit und breit, keine Hilfe. Er sah den Tod. Nur den Tod in den Augen des Vaters. Der ihn wegschicken wollte, der in seiner Verzweiflung und in Todesangst nach jedem Blatt griff, um sich aus diesem Wasserloch herauszuziehen. Der starke Vater so schwach. Paul der Mächtige.
Er blieb stehen. Sagte nichts, stand nur da und starrte in diese Augen, die ihn so oft strafend angesehen hatten.
Er sah, wie sein Vater verschwand. Eine Weile blieb er noch stehen, dann machte er kehrt, trat den Rückweg zur Hütte an, ohne sich noch einmal umzudrehen.
Nach zwei Tagen kam der Finne, der ihnen die Hütte zur Verfügung gestellt hatte, um nach dem Rechten zu sehen. Ein paar Lebensmittel hatte er in einem Korb dabei.
Er sprach kein Deutsch. Paul kein Finnisch. Mit Zeichnungen konnte Paul ihm verständlich machen, was geschehen war. Der Finne brachte ihn zurück nach Helsinki. Paul flog allein zurück.

Hanne nahm ihn am Flughafen in Hamburg in Empfang. Sie sagte nichts, nahm ihn nur in ihre Arme, drückte ihn an sich.
Sie schaffte es, dass Paul über diesen ‚Unfall' nie sprach. Saß nachts an seinem Bett, wenn er in den ersten Wochen von Alpträumen erwachte und laut aufschrie, schweißüberströmt.

Mit der Zeit wurde das entsetzliche Bild schwächer, verblasste. Verschwamm immer mehr vor seinem inneren Auge.
Sein Leben lang wartete er auf die Strafe. Dass ihm das Liebste genommen werden könnte. Jetzt, wo er schon kaum mehr daran gedacht hatte, bekam er den Tod.

Paul schloss die Augen. Endlich konnte er sie schließen. Sah nicht mehr die Lebenden und tauchte ein in seine neue Welt.

Er konnte sie sehen, die beiden, die ihn erwarteten. Es war der Vater, der mit weitausgebreiteten Armen vor ihm stand. Neben ihm lächelte Claire. Aber nein, es war nicht Claire. Sie lebte. Er sah genauer hin. Es war die kleine Französin, in deren Augen er bereits in seinem vergangenen Leben versunken war.

Danela Pietrek

Herzklopfen

Roman. 220 Seiten.
Demnächst
Taschenbuch, E-Book

Stella verdächtigt Sam. Und Dolores glaubt, dass es Tosca war. Sam meint, Stella sei es gewesen. Nur Tosca glaubt, dass Rick es selbst getan hat.

Sie täuschen sich alle! Denn Rick ist nicht tot – er lebt! Und: er kommt zurück! Nach dreißig Jahren. Denn jetzt ist der Mord, der keiner war, gesühnt.
‚Herzklopfen' erzählt von Lebenslügen, unaufrichtiger Liebe und von verspielten Chancen auf Glück. Schicksale – ausgelöst von einem Mann, der glaubte, dass sich das Leben, die Liebe und das Glück planen lassen.
Bis zu dem Tag, an dem einer sterben muss, damit alle anderen erkennen können, dass es kein richtiges Leben im falschen gibt.

Danela Pietrek

Kleine Geheimnisse

Roman. 224 Seiten.
erschienen 2006
Taschenbuch, E-Book

12 Stunden. 12 Personen. Eine Geschichte. Die geheime Anatomie einer Familie.

Es ist eine scheinbar ganz normale Familie, die sich zum 70. Geburtstag des großen Patriarchen versammelt.
Doch jeder von ihnen hat ein Geheimnis, das es gilt vor den anderen zu verbergen. Ohne es zu ahnen ist jeder von ihnen Teil einer folgenreichen Geschichte voller Gefühl und kalter Berechnung, höchst erstaunlicher Verbindungen - und vieler kleiner Geheimnisse.

Danela Pietrek / Helga Waterkotte

Mami allein zu Haus

Ratgeber. 224 Seiten.
erschienen 2008, Diana-Verlag
Taschenbuch, E-Book

Ein Überlebensbuch für Single-Mütter

Stellen Sie sich vor, Sie bekommen ein Kind und der Vater glänzt durch Abwesenheit. Weil Sie arbeiten müssen, engagieren Sie ein Au-pair-Mädchen, das sofort schwanger wird. Freundschaft pflegen Sie ausschließlich am Telefon und Sonntage überstehen Sie dank einer Jahreskarte für den Zoo. Ein Date mit einem Mann – davon träumen Sie nur. Was können Sie tun? Hier finden Sie die richtigen Antworten von A bis Z.